H. G. Wells
Y Peiriant Amser

Cydnabyddir H.G. Wells fel un o brif ffigyrau cynnar ffuglen wyddonol, mewn unrhyw iaith. Ysgrifennodd dros bum deg o nofelau ac chyfrir y enwocaf ohonynt, gan gynnwys *The Time Machine, The Island of Doctor Moreau, The Invisible Man, The War of the Worlds* ac *When the Sleeper Wakes*, ymhlith y straeon mwyaf enwog a phoblogaidd erioed. Cafodd ei enwebu bedwar gwaith ar gyfer wobr Nobel mewn llenyddiaeth.

Cyhoeddwyd *The Time Machine* yn 1895 a hi oedd ei nofel gyntaf. Er nad hon oedd y nofel gyntaf i archwilio'r cysyniad o deithio mewn amser, hon sefydlodd y syniad o 'beiriant amser' yn y ddychymyg boblogaidd. Heb os, bu'n ddylanwad ar Islwyn Ffowc Elis pan ysgrifennodd yntau *Wythnos yng Nghymru Fydd*, y nofel Cymraeg enwocaf am deithio mewn amser.

Dyluniad y clawr:
Adam Pearce
yn seiliedig ar lun gan Derek Key
a ddefnyddiwyd dan drwydded *Creative Commons*
https://creativecommons.org/licenses/by/2.0/deed.en

Hawlfraint pob testun yn y llyfr hwn:
©Melin Bapur / Adam Pearce, 2024

Cedwir pob hawl. Ni ellir atgynhyrchu unrhyw ran o'r
llyfr hwn neu ei ddefnyddio (heblaw mewn adolygiad) heb
ganiatâd ysgrifenedig y cyhoeddwr.

ISBN:
978-1-7394403-0-5

Y Peiriant Amser

dyfais

gan
Herbert George Wells
(1866-1946)

cyfieithiad gan Adam Pearce

o

The Time Machine

(Welsh Translation)

Clasuron Byd Melin Bapur

H.G. Wells (1866-1946)

Cynnwys

Nodyn ar y Testun

Nofel yw *Y Peiriant Amser* am fonheddwr Seisnig ar ddiwedd y bedwaredd ganrif ar bymtheg. Wrth gyfieithu'r stori i'r Gymraeg, nid oeddwn am ei thrawsblannu i ryw sefyllfa fwy 'Cymreig', ac nid oeddwn chwaith am roi unrhyw dafodiaith benodol o'r iaith Gymraeg yn ei enau ef na'r cymeriadau eraill. Mae ambell gyfeiriad y tybiais y byddai'n fuddiol i'r darllenydd gael troednodyn i'w esbonio; ychwanegiadau yw pob troednodyn yn y testun hwn ac eithrio'r un a nodir ym Mhennod XI, sydd yn rhan o destun gwreiddiol Wells.

Yn ddigon naturiol o ystyried oed y testun, ceir ambell ran yn stori lle mae'r awdur yn dangos tueddiadau a safbwyntiau nad ydynt o reidrwydd yn cyd-fynd gyda gwerthoedd ein hoes ni. Ni wnaed unrhyw ymgais i sensro neu olygu cynnwys y rhannau hyn wrth eu cyfieithu: rhaid i awduron fod yn atebol am eu gwaith, a lle'r darllenydd yw barnu os yw'n dderbyniol ai peidio. Gyda hynny mewn cof, dylid cofio fod Wells, yng nghyd-destun ei oes, yn frwd dros gyfiawnder cymdeithasol, ac nad yw rhannau mwyaf problematig *Y Peiriant Amser* yn ddim byd o'u cymharu â llawer o'r hyn a ysgrifennwyd yn yr un cyfnod.

Pan gyhoeddwyd y testun yn y *New Review* yn 1895 cynhwyswyd rhan ychwanegol ym Mhennod XIII, ar gais y golygydd, oedd am i Wells ymestyn hyd y stori er mwyn llenwi rhagor o golofnau. Yn y rhan hwn, yn syth ar ôl dianc, mae'r Amser-Deithiwr yn teithio i gyfnod pellach a chyfarfod â rhagor o greaduriaid o'r dyfodol. Mae ambell fersiwn o'r nofel yn Saesneg yn cynnwys y darn hwn; ond, fel y mwyafrif o'r argraffiadau Saesneg, penderfynais beidio â'i gynnwys gan nad oedd yr awdur erioed wedi bwriadu iddo fod yn rhan o'r llyfr, a gan nad yw mewn gwirionedd yn ychwanegu dim at y llyfr, gan fod golygfa eithaf tebyg yn digwydd ym mhennod XIV beth bynnag.

Hoffwn roi diolch mawr i Ben Screen am brawf-ddarllen y testun.

A. P. Porthcawl 2024

Adam Pearce

Magwyd Adam yn y Barri ym Mro Morgannwg, ond mae wedi byw mewn sawl rhan wahanol o Gymru. Mae ganddo ddoethuriaeth o Brifysgol Bangor ar gyfieithiadau Saesneg o waith y nofelydd Cymraeg o oes Fictoria, Daniel Owen. Y gyfrol hon yw ei gyfieithiad cyhoeddedig cyntaf yn y Gymraeg, ond mae wedi cyfieithu gwaith Daniel Owen i'r Saesneg. Bellach, mae'n byw ym Mhorthcawl gyda'i deulu.

I.
Cyflwyniad

Roedd yr Amser-Deithiwr (bydd hi'n gyfleus i mi gyfeirio ato felly) wrthi'n esbonio mater astrus i ni. Roedd ei lygaid llwyd gwelw'n disgleirio, ac roedd ei wyneb, a fyddai'n welw fel arfer, yn wridog ac yn sionc. Llosgai'r tân llachar, ac roedd golau oren meddal y bylbiau trydan yn eu gosodiadau arian hardd yn adlewyrchu oddi ar y swigod pefriog yn ein gwydrau. Ef ei hun oedd wedi dylunio'r cadeiriau, ac nid oedd rhywun yn eistedd ar un ohonynt gymaint ag yr oedd yn cael ei fwytho a'i gofleidio ganddi. Yn yr awyrgylch moethus wedi-cinio hynny gallai'r dychymyg redeg yn rhydd, heb ei rwystro gan gywirdeb. A dyma sut yr esboniodd y paradocs newydd hwn (oherwydd felly edrychai, i ni)—gan restri'r pwyntiau â'i fysedd tenau—a ninnau'n eistedd yn ddiog, yn edmygu ei argyhoeddiad.

"Rhaid i chi fy nilyn yn ofalus. Bydd rhaid i mi wrth-ddweud ambell i egwyddor sydd wedi'i derbyn fwy neu lai'n llwyr. Mae'r geometreg, er enghraifft, a ddysgwyd gennych yn yr ysgol yn seiliedig ar gamgymeriad."

"Onid yw hynny'n beth braidd yn fawr i ddechrau gyda hi?" meddai Filby, dyn cecrus braidd a ganddo wallt coch.

"Dydw i ddim yn bwriadu gofyn i chi dderbyn dim byd nad oes cynsail digon cadarn iddo. Mi fyddwch chi'n cydnabod pob dim sydd ei angen cyn bo hir. Fe wyddoch chi, wrth gwrs, nad ydy llinell fathemategol, o drwch *sero*, yn bodoli mewn gwirionedd. Ddysgwyd hynny i chi? Dydy gwastad mathemategol ddim yn bodoli chwaith. Haniaethau ydynt yn unig—dim ond syniadau."

"Mae hynny'n gywir," meddai'r Seicolegydd.

"Ac nid yw ciwb, nad oes ganddo ddim byd ond hyd, lled a thrwch, yn bodoli mewn gwirionedd chwaith."

"Dwi'n anghytuno â hynny," meddai Filby. "Mae gwrthrych solid yn bodoli, wrth gwrs. Mae popeth go iawn—"

"Mae llawer yn meddwl hynny. Ond arhoswch eiliad. Ydy hi'n bosib i giwb *enydaidd* fodoli?"

"Dydw i ddim yn deall," meddai Filby.

"Ydy hi'n bosib i giwb fodoli, mewn gwirionedd, os nad yw'n parhau am unrhyw amser o gwbl?"

Aeth Filby'n feddylgar. "Yn amlwg felly," parhaodd yr Amser-Deithiwr, "mae'n rhaid i wrthrych go iawn ymestyn i *bedwar* cyfeiriad: rhaid bod ganddo hyd, a lled, a thrwch, a *pharhad*. Ond, oherwydd gwendid naturiol yn ein hanfod y byddaf yn ei esbonio mewn eiliad, rydym yn tueddu i esgeuluso'r ffaith hon. Mewn gwirionedd mae yna bedwar dimensiwn, tri ohonynt a elwir gennym yn wastadau Gofod, a phedwerydd, sef Amser. Mae yna dueddiad, fodd bynnag, i wahaniaethu rhwng y tri cyntaf o'r rhain a'r olaf, a hynny heb reswm da, oherwydd bod ein hymwybyddiaeth ni'n symud yn ei flaen mewn un cyfeiriad ar hyd yr olaf o'r rhain, o ddechrau'n bywydau, hyd eu diwedd."

"Mae hynny..." meddai gŵr ifanc iawn, ar ganol ymdrech ddigon tila i ddefnyddio'r lamp i ailgynnau ei sigâr; "Mae hynny'n... berffaith glir."

Aeth yr Amser-Deithiwr yn ei flaen, rywfaint yn fwy siriol. "Nawr, mae'r ffaith ein bod ni'n anghofio hynny mor aml yn bwysig dros ben. Dyma'r hyn a olygir mewn gwirionedd wrth sôn am y Pedwerydd Dimensiwn, er nad yw llawer sy'n sôn am y Pedwerydd Dimensiwn yn gwybod mai hynny maen nhw'n ei olygu. Dim ond ffordd arall ydy hi o edrych ar Amser. Yn y bôn, *does dim gwahaniaeth rhwng Amser ac unrhyw un o'r dimensiynau eraill, heblaw'r ffaith bod ein hymwybyddiaeth yn symud ar ei hyd.* Ond mae rhai pobl wirion wedi camddeall y syniad yn llwyr. Mae pob un ohonoch chi, debyg, wedi clywed beth sydd ganddynt i'w ddweud am y Pedwerydd Dimensiwn?"

"Dydw *i* ddim," meddai Maer y Fro.

"Dim ond hyn. Sonnir am Ofod, gan ein mathemategwyr, fel rhywbeth ac iddo tri dimensiwn, y gellir eu galw'n Hyd, Lled, a Thrwch, ac mae modd ei diffinio drwy gyfeirio at dri gwastad, pob un ohonynt ar ongl sgwâr i'r ddau arall. Ond mae rhai pobl athronyddol wedi bod yn gofyn: pam tri dimensiwn yn benodol—beth am un arall, ar ongl sgwâr i'r tri cyntaf?—ac maen nhw wedi bod wrthi hyd yn oed yn ceisio llunio geometreg ag iddo Bedwar Dimensiwn. Cwta fis yn ôl roedd yr Athro Simon Newcomb[*] yn esbonio hyn i Gymdeithas Fathemategol Efrog Newydd. Fe wyddoch chi sut y mae modd gwneud llun o wrthrych tri-dimensiwn ar wyneb fflat, ag iddo ddim ond dau ddimensiwn. Mewn ffordd debyg, maen nhw'n meddwl y gellid defnyddio model tri-dimensiwn i gynrychioli gwrthrych ag iddo bedwar—dim ond o gynrychioli persbectif y peth yn iawn. Ydych chi'n gweld?"

"Rwy'n credu," murmurodd Maer y Fro. Crychodd ei aeliau, ymdawelodd, ac aeth i ryw gyflwr myfyriol, ei wefusau'n symud fel pe bai'n adrodd yr ysgrythur. "Ydw, rwy'n ei gweld hi nawr, rwy'n credu," meddai wedyn, gan lawenhau'n sydyn.

"Wel, mae'n dda gen i'ch hysbysu fy mod i wrthi'n gweithio ar y geometreg Pedwar Dimensiwn hwn, am beth amser bellach. Mae rhai o fy nghanfyddiadau'n ddiddorol iawn. Er enghraifft, dyma lun o ddyn yn wyth mlwydd oed, un arall yn bymtheg, un arall yn ddwy ar bymtheg, un arall yn dair ar hugain, ac ati. Mae'r rhain, yn amlwg, yn adrannau,

---

[*] Simon Newcomb (1835-1909), seryddwr a mathemategydd o Ganada. Ei ddarlith yn Efrog Newydd yn 1893 ysbrydolodd Wells i ysgrifennu *Y Peiriant Amser.*

yn gynrychioliadau Tri Dimensiwn, fel petai, o'i fodolaeth mewn Pedwar Dimensiwn, sy'n wrthych cyson nad oes modd ei newid.

Wedi oedi am eiliad er mwyn i'r hyn yr oedd yn ei ddweud gael ei ddeall yn iawn, aeth yr Amser-Deithiwr yn ei flaen. "Mae gwyddonwyr," meddai, "yn gwybod yn iawn nad yw Amser yn ddim ond math gwahanol o Ofod. Dyma ddiagram gwyddonol digon cyffredin, sef cofnod o'r tywydd. Mae'r llinell hon rwyf yn ei dilyn gyda fy mys yn dangos lle symudodd y baromedr. Ddoe roedd hi'n uchel; cwympodd neithiwr, wedyn codi'n araf eto'r bore yma, hyd at y man yma. Wrth gwrs, ni luniodd yr offer y llinell hon mewn unrhyw un o'r dimensiynau hynny o fewn Gofod a gydnabyddir yn gyffredinol. Ond yn sicr, lluniodd linell, a rhaid dod at y casgliad felly mai ar hyd Dimensiwn Amser y lluniodd y llinell honno."

"Ond," meddai'r Gŵr Meddygol, yn craffu'n galed ar ddarn o lo yn y tân, "os mai dim ond pedwerydd dimensiwn Gofod yw Amser, pam ydy hi'n cael ei hystyried yn rhywbeth gwahanol? A pham ydy hi wedi'i hystyried yn wahanol erioed? A pham na allwn ni symud mewn Amser yn yr un ffordd ag yr ydyn ni'n symud o gwmpas o fewn dimensiynau eraill Gofod?"

Gwenodd yr Amser-Deithiwr. "Ydych chi mor siŵr ein bod ni'n gallu symud yn ddigon hawdd o fewn Gofod? Gallwn fynd i'r dde a'r chwith, yn ein hôl, ac yn ein blaenau'n ddigon hawdd: mae dynion wedi gwneud hynny erioed. Gallwn symud yn ddigon rhydd mewn dau ddimensiwn, cyfaddefaf hynny. Ond beth am i fyny ac i lawr? Mae disgyrchiant yn ein cyfyngu yno."

"Ddim yn hollol," meddai'r Gŵr Meddygol. "Mae yna falwnau."

"Ond cyn y balwnau, heblaw am ambell naid bob hyn a hyn, ac am yr anghyfartaleddau hynny sydd yn wyneb y Ddaear, ni fu dynion erioed yn rhydd i symud yn fertigol."

"Roedd modd symud rhywfaint i fyny ac i lawr," meddai'r Gŵr Meddygol.

"Yn haws, llawer haws i lawr nag i fyny."

"Ac mae'n amhosib symud o gwbl o fewn Amser: does dim modd dianc rhag y presennol."

"Annwyl syr: yn hynny o beth, rydych chi'n anghywir. Mae'r holl fyd yn anghywir o ran hynny. Rydyn ni o hyd yn ymadael â'r presennol. Mae ein bodolaeth wybyddol, nad yw'n gorfforol, heb unrhyw ddimensiynau o gwbl, yn symud ar hyd Dimensiwn Amser ar gyflymder cyson o'n geni hyd y bedd. Yn union fel y byddwn ni'n teithio tuag i lawr, pe baem ni'n dechrau pum deg milltir uwchben arwyneb y ddaear."

"Ond y drafferth fawr yw hyn," torrodd y Seicolegydd ar eu traws. 'Mi allwch chi symud o gwmpas ym mhob un o ddimensiynau Gofod, ond nid o fewn Amser."

"Hynny sydd wrth galon fy narganfyddiad mawr. Ond rydych chi'n anghywir i ddweud nad oes modd i ni symud o gwmpas o fewn Amser. Er enghraifft, os ydw i'n cofio digwyddiad yn fyw iawn, yna rwyf yn teithio'n ôl i'r amser pan ddigwyddodd gyntaf: af i fyfyrio, fel y dywedir. Rydw i'n neidio yn ôl, am eiliad. Wrth gwrs does dim modd aros yno am unrhyw gyfnod hir, dim mwy nag y gall wylliaid neu anifeiliaid aros chwe throedfedd uwchben y ddaear. Ond yn hynny o beth, mae gŵr gwâr yn well na gwylliad. Mae'n gallu mynd tuag i fyny yn erbyn disgyrchiant mewn balŵn, a pham na ddylai obeithio y bydd modd, yn y pen draw, iddo beidio ei symud ar hyd dimensiwn Amser, neu ei gyflymu; neu droi o gwmpas hyd yn oed, a theithio'r ffordd arall?"

"O, mae *hyn*," dechreuodd Filby, "i gyd—"

"Pam ddim?" meddai'r Amser-Deithiwr.

"Mae'n mynd yn erbyn rheswm," meddai Filby.

"Pa reswm?" meddai'r Amser-Deithiwr.

"Fe gei di ddangos bod du yn wyn drwy ddadlau hynny," meddai Filby, "ond byddi di fyth yn fy argyhoeddi i."

"Efallai ddim," meddai'r Amser-Deithiwr. "Ond rydych chi bellach yn dechrau gweld bwriad fy ymchwil i geometreg Pedwar Dimensiynol. Amser maith yn ôl, ces i syniad am beiriant—"

"I deithio drwy Amser!" meddai'r Gŵr Ifanc Iawn.

"I deithio heb duedd o fewn Gofod ac Amser, i unrhyw gyfeiriad, yn ôl dymuniad y gyrrwr."

Dim ond chwerthin gwnaeth Filby.

"Ond rydw i wedi profi hyn, mewn arbrawf," meddai'r Amser-Deithiwr.

"Byddai'n eithriadol o gyfleus i'r hanesydd," meddai'r Seicolegydd. "Byddai modd iddo fynd yn ôl i Frwydr Hastings, er enghraifft, a chywiro ein dealltwriaeth bresennol!"

"Oni fyddwch chi'n tynnu gormod o sylw, ydych chi'n meddwl?" meddai'r Gŵr Meddygol. "Ni fu gan ein cyndeidiau erioed lawer o flas am anacroniaethau."

"Byddai modd dysgu Groeg o wefusau Platon a Homer eu hunain," meddyliodd y Gŵr Ifanc Iawn, ar goedd.

"Bydden nhw'n ymgynghori â thi am gynnwys y llawlyfrau, pe baet ti'n gwneud hynny. Mae'r ysgolheigion Almaenaidd wedi gwella Groeg cryn dipyn."

"A'r dyfodol, wedyn," meddai'r Gŵr Ifanc Iawn. "Meddyliwch! Byddai modd buddsoddi'ch holl arian, a'i adael i ennill llog, a rhuthro ymlaen!"

"Dim ond i ddarganfod cymdeithas," meddwn i, "wedi'i hadeiladu ar sail comiwnyddiaeth lwyr."

"Y fath ddamcaniaeth eithafol, wyllt..." dechreuodd y Seicolegydd.

"Felly roedd hi'n ymddangos i minnau hefyd," meddai'r Amser-Deithiwr, "felly soniais i ddim byd amdani hyd nes—"

"Ei phrofi, drwy arbrawf!" llefais. "Rydych chi'n mynd i brofi hynny?"

"Yr arbrawf!" llefodd Filby, ei feddwl yn dechrau blino.

"Gadewch i ni weld eich arbrawf chi, beth bynnag," meddai'r Seicolegydd, "er mai lol botes yw'r cwbl, wrth gwrs."

Gwenodd yr Amser-Deithiwr arnom ni i gyd. Yna, yn dal i wenu, ei ddwylo'n ddwfn ym mhocedi ei drowsus, cerddodd yn araf o'r ystafell. Clywsom ni ei sliperi'n llithro i lawr y coridor hir i gyfeiriad ei labordy.

Edrychodd y Seicolegydd arnom ni. "Tybed beth sydd ganddo fe?"

"Rhyw dric hud a lledrith neu rywbeth felly," meddai'r Gŵr Meddygol, a cheisiodd Filby adrodd hanes am gonsuriwr a welodd yn Swydd Stafford rywdro, ond cyn iddo orffen ei gyflwyniad dychwelodd yr Amser-Deithiwr, ac anghofiwyd hanes Filby'n llwyr.

II.
Y Peiriant

Roedd yr Amser-Deithiwr yn dal mecanwaith metel disglair yn ei law, prin yn fwy na chloc bychan, â golwg cain a bregus iawn arno. Gallwn weld bod rhywfaint o ifori ynddo, a rhyw sylwedd crisial tryloyw. A rhaid i mi fod yn hollol eglur nawr, oherwydd mae'r hyn a ddigwyddodd wedyn—oni bai ein bod ni'n derbyn esboniad yr Amser-Deithiwr—yn hollol anesboniadwy. Estynnodd un o'r byrddau octagonaidd oedd yma a thraw yn yr ystafell, a'i osod o flaen y tân, â dwy o'i goesau ar y rỳg. Gosododd y mecanwaith ar y bwrdd hwn. Yna gafaelodd mewn cadair, ac eistedd ynddi. Yr unig wrthrych arall ar y bwrdd oedd lamp fach â chysgod, ei golau llachar yn goleuo'r mecanwaith. Roedd yna efallai rhyw ddwsin o ganhwyllau hefyd, dau mewn canwyllbrennau pres ar y silff ben tân a sawl un arall mewn mur-ganwyllbrennau, fel bod yr ystafell yn olau i gyd. Eisteddais mewn cadair isel wrth y tân, a'i thynnu ymlaen nes fy mod i bron â bod rhwng y Teithiwr Amser a'r tân. Eisteddai Filby'r tu ôl iddo, yn syllu dros ei ysgwydd. Roedd y Gŵr Meddygol a Maer y Fro yn ei wylio o'r dde, y Seicolegydd o'r chwith. Safai'r Gŵr Ifanc Iawn y tu ôl i'r Seicolegydd. Roedden ni i gyd yn gwylio'n astud. Ni allaf gredu y byddai wedi bod modd iddo, o dan y fath amgylchiadau, chwarae tric o unrhyw fath arnom ni, waeth pa mor gynnil, a waeth pa mor fedrus y chwaraewyd ef.

Edrychodd yr Amser-Deithiwr arnom ni, ac yna ar y mecanwaith.

"Wel?" meddai'r Seicolegydd.

"Model yn unig yw'r teclyn bach hwn," meddai'r Amser-Deithiwr, gan benelino ar y bwrdd a dal ei ddwylo at ei gilydd uwchben y mecanwaith. "Fy nghynllun ar gyfer peiriant i deithio drwy amser. Fe sylwch chi fod yna olwg gam arno, a bod y bar bach yma'n disgleirio'n rhyfedd, fel pe bai'n afreal rywsut." Pwyntiodd gyda'i fys. "Sylwch, hefyd, ar y lifer bach gwyn yma; a dyma un arall."

Cododd y Gŵr Meddygol o'i gadair i graffu arno. "Mae'n hardd iawn," meddai.

"Dyma waith dwy flynedd," atebodd yr Amser-Deithiwr. Wedyn, wedi i bob un ohonom wneud yr un fath â'r Gŵr Meddygol, meddai: "Nawr, rydw i eisiau i chi ddeall yn glir bod y lifer hwn, o'i wasgu, yn llithro'r peiriant i'r dyfodol, a'r llall yma'n ei symud tuag yn ôl. Yma mae yna gyfrwy, i gynrychioli'r sedd lle byddai'r Amser-Deithiwr yn eistedd. Toc byddaf yn pwyso ar y lifer, a bydd y peiriant yn dechrau. Bydd yn diflannu, i'r dyfodol. Cymerwch olwg go dda arno. Edrychwch ar y bwrdd hefyd, i sicrhau nad oes yna dric o unrhyw fath yn cael ei chwarae. Dydw i ddim eisiau gwastraffu'r model hwn, dim ond i mi gael fy ngalw'n dwyllwr."

Bu saib am ryw funud. Roedd y Seicolegydd fel petai eisiau siarad â fi, ond newidiodd ei feddwl. Yna estynnodd yr Amser-Deithiwr ei fys tua'r lifer, cyn ailfeddwl.

"Na," meddai'n sydyn. "Rho dy law i mi."

Gan droi tua'r Seicolegydd, cymerodd law hwnnw yn ei law ei hun a gofyn iddo estyn ei fys. Y Seicolegydd ei hun felly a anfonodd y model o'r Peiriant Amser ar ei daith ddi-ben-draw. Gwelodd pob un ohonom ni y lifer yn troi. Rydw i'n hollol sicr nad oedd yna dwyll o unrhyw fath. Chwythodd wynt, a llamodd fflam y lamp. Diffoddwyd un o'r canhwyllau ar y pentan, ac fe drodd y peiriant bach yn ei unfan yn sydyn, cyn mynd yn aneglur fel ysbryd am ryw eiliad efallai, yn ddim ond awgrym o bres ac ifori; wedyn roedd wedi mynd—wedi diflannu! Roedd y bwrdd yn wag, heblaw'r lamp.

Roedd pawb yn ddistaw am eiliad. Yna rhegodd Filby.

Dadebrodd y Seicolegydd, ac yn sydyn edrychodd o dan y bwrdd. Ar hynny, chwarddodd yr Amser-Deithiwr yn llawen.

"Wel?" meddai, yn union fel y gwnaethai'r Seicolegydd gynt. Yna, cododd i fynd at y jar tybaco ar y silff ben tân, gan droi ei gefn arnom a llenwi ei bibell.

Syllodd pob un ohonom ni ar ein gilydd.

"'Drychwch, nawr," meddai'r Gŵr Meddygol, "ydych chi o ddifri? Ydych chi'n credu go iawn fod y peiriant wedi teithio mewn amser?"

"Ydw'n sicr," meddai'r Amser-Deithiwr, gan blygu i gynnau sbilsen o'r tân. Trodd wedyn, wrth gynnau ei getyn, i edrych i wyneb y Seicolegydd (er mwyn dangos, debyg, nad oedd wedi mynd o'i go, cymerodd y Seicolegydd sigâr hefyd, a cheisio'i gynnau heb ei dorri).

"Ac yn fwy na hynny, mae gen i beiriant mawr fan draw" —ystumiodd i gyfeiriad y labordy—"sydd bron wedi'i gwblhau, ac wedi i mi wneud hynny, rydw i'n bwriadu mynd ar daith fy hunan."

"Ydych chi'n ceisio dweud bod y peiriant wedi teithio i'r dyfodol?" meddai Filby.

"I'r dyfodol neu'r gorffennol—dydw i ddim yn hollol sicr pa un."

Ychydig wedyn, cafodd y Seicolegydd syniad. "Rhaid mai i'r gorffennol yr aeth, os aeth i unrhyw le o gwbl," meddai.

"Pam hynny?" meddai'r Amser-Deithiwr.

"Rydw i'n cymryd nad yw'r peiriant wedi symud o fewn Gofod. Pe bai wedi symud i'r dyfodol, byddai yma nawr, oherwydd bod yn rhaid iddo symud drwy'r amser hwn."

"Ond," meddwn i, "pe bai wedi teithio i'r gorffennol byddai wedi bod yn weladwy pan ddaethon ni i mewn i'r ystafell hon; a dydd Iau diwethaf pan oedden ni yma; a'r dydd Iau gynt; ac yn y blaen!"

"Gwrthwynebiadau neilltuol, a difrifol," meddai Maer y Fro, oedd yn amlwg yn ceisio bod yn ddiduedd. Edrychodd ar yr Amser-Deithiwr er mwyn gweld beth oedd ei ymateb.

"Dim o gwbl," atebodd hwnnw, gan droi at y Seicolegydd a dweud, "Meddylia. Gelli _di_ esbonio hynny. Mae'r peiriant islaw'r trothwy gweladwy."

"Wrth gwrs," meddai'r Seicolegydd, gan fynd ati i dawelu ein meddyliau. "Mater digon syml o seicoleg yw hynny. Dylwn i fod wedi meddwl amdani. Mae'n ddigon plaen, ac yn sicr yn gymorth mawr, o ran y paradocs. Ni allwn ni weld y peiriant hwn, na'i werthfawrogi, mwy nag y gallwn weld adain olwyn yn troelli, neu fwled yn hedfan drwy'r awyr. Os yw'r peiriant yn teithio drwy amser bum deg neu ganwaith yn gyflymach nag yr ydyn ninnau—os yw'n teithio munud wrth i ni deithio eiliad—yna dim ond un hanner-canfed neu ganfed o'r argraff byddai'n ei greu ag y byddai'n gwneud pe _na_ bai'n teithio mewn amser. Mae hynny'n ddigon blaen."

Estynnodd ei law a'i symud drwy'r man lle buodd y peiriant.

"Fe welwch chi?" meddai, a chwarddodd.

Eisteddom a syllu ar y bwrdd gwag am funud neu ddau. Wedyn, gofynnodd yr Amser-Deithiwr beth oedd ein barn am y cwbl.

"Mae hi'n swnio'n ddigon credadwy heno," meddai'r Gŵr Meddygol; "ond arhoswch chi tan yfory. Arhoswch am synnwyr cyffredin y bore."

"Hoffech chi weld y Peiriant Amser ei hun?" gofynnodd yr Amser-Deithiwr. Ac ar unwaith, gyda'r lamp yn ei law, fe'n harweiniodd i lawr y coridor hir, drafftiog i'w labordy. Mae gennyf gof byw o'r olygfa: y golau'n fflachio, amlinell ei ben llydan, rhyfedd, y cysgodion yn dawnsio, ninnau'n ei ddilyn yn chwilfrydig ond yn methu ei gredu'n llwyr; a'r labordy wedyn, lle gwelsom ni fersiwn mwy o'r mecanwaith bach a welsom yn diflannu gyda'n llygaid ein hunain. Roedd rhannau ohoni o nicel, rhannau o ifori, a rhannau heb os o ryw fath o grisial, naill ai wedi'u llifo neu'u rhathu. Yn ôl y golwg, roedd y peiriant yn orffenedig ar y cyfan; ond gorweddai bariau o grisial plethedig ar y fainc gerllaw pentwr o ddarluniau ar bapur. Codais un o'r rhain i gael golwg gwell arno. Rhyw fath o gwarts oedd hi, yn ôl ei golwg.

"Edrychwch," meddai'r Gŵr Meddygol, "ydych chi o ddifri—go iawn? Neu ai tric yw'r cwbl—fel yr ysbryd hwnnw a ddangosaist ti i ni, Nadolig diwethaf?"

"Fy mwriad," meddai'r Amser-Deithiwr, yn dal y lamp uwch ei ben, "yw archwilio a theithio amser, yn y peiriant hwnnw. Ydy hynny'n glir? Fues i erioed yn fwy difrifol am rywbeth."

Wyddon ni ddim yn iawn sut i ymateb i hynny.

Daliodd Filby fy ngolwg uwchben ysgwydd y Gŵr Meddygol. Roedd golwg ddifrifol ar ei wyneb, ond winciodd arnaf.

III.
Yr Amser-Deithiwr yn Dychwelyd

Dydw i ddim yn credu i'r Peiriant Amser argyhoeddi'r un ohonom ni—nid yn llwyr. Y gwir oedd mai un o'r gwŷr hynny oedd yr Amser-Deithiwr sy'n rhy glyfar i chi gredu pob gair ganddynt. Roedd rhywun yn teimlo o hyd bod rhywbeth y tu hwnt i'r golwg, bod rhywbeth cynnil ganddo o'r neilltu, rhyw gyfrwyster yn cuddio y tu ôl i'r gonestrwydd ar yr arwyneb. Pe bai Filby wedi dangos y model i ni, ac wedi'i esbonio gydag union eiriau'r Amser-Deithiwr, yna mi fyddem ni wedi bod yn llawer llai drwgdybus ohono *ef.* Byddai ei gymhellion yntau'n hollol eglur: gallai hyd yn oed cigydd ddeall Filby. Ond roedd dogn nid ansylweddol o fympwy wedi mynd i wneud yr Amser-Deithiwr, ac anodd felly oedd ymddiried ynddo'n llwyr. Byddai'r pethau a fyddai wedi gwneud dynion llai clyfar yn enwog yn edrych fel triciau yn ei ddwylo ef. Camgymeriad yw gwneud i bethau edrych yn rhy hawdd. Ymhlith y bobl ddifrifol hynny a gymerai ef o ddifri, nid oedd dim un ohonynt yn hollol sicr amdano: gwyddant, rywsut, bod gwneud enw am fod yn bwyllog yn wystl i'w gynlluniau ef cystal â rhoi crochenwaith cain mewn ysgol feithrin. Ni chredaf, felly, i lawer ohonom ni sôn ryw lawer wrth neb am deithio drwy amser rhwng y Dydd Iau hynny a'r un nesaf, er yr oedd ei goblygiadau, debyg, yn rhedeg drwy feddyliau pob un ohonom: ei hygrededd, amhosibilrwydd ei bosibilrwydd, a'r goblygiadau rhyfedd am anacroniaethau, heb sôn am ddryswch. O'm rhan i, roeddwn i'n meddwl o hyd am dric y model. Rydw i'n cofio trafod hynny â'r Gŵr Meddygol: cwrddais i ag ef ar Ddydd Gwener yn y Linnæan. Roedd yntau wedi gweld rhywbeth tebyg yn Nhübingen rywdro, ac roedd y ffaith i'r gannwyll ddiffodd, meddai, o bwys mawr. Ond ni allai esbonio sut oedd gwneud y tric.

Es i i Richmond drachefn y Dydd Iau nesaf—fi, debyg, oedd un o westeion mwyaf rheolaidd yr Amser-Deithiwr— ac, wedi cyrraedd yn hwyr, cefais fod pedwar neu bump o ddynion eisoes wedi ymgasglu yn ei barlwr. Safai'r Gŵr Meddygol o flaen y tân, darn o bapur mewn un llaw a'i oriawr yn y llall. Edrychais o gwmpas am yr Amser-Deithiwr, a—

"Mae hi bellach yn hanner awr wedi saith," meddai'r Gŵr Meddygol. "Debyg y dylem ni ddechrau ar ginio?"

"Ble mae——?" meddwn i, gan enwi ein gwesteiwr.

"Dim ond newydd gyrraedd ydych chi? Mae hi braidd yn rhyfedd. Yn ôl y sôn, mae rhywbeth wedi'i gadw nad oedd modd ei osgoi. Mae'n gofyn yn y neges hon i ni ddechrau ar ginio am saith, os nad yw'n dychwelyd. Bydd yn esbonio popeth wedi iddo gyrraedd, mae'n dweud."

"Byddai'n drueni gadael i'r cinio fynd yn oer," meddai Golygydd papur dyddiol adnabyddus; wedyn canodd y Doctor y gloch.

Y Seicolegydd oedd yr unig ŵr heblaw'r Doctor a minnau a oedd wedi mynychu'r cinio blaenorol. Y dynion eraill oedd y Golygydd, y soniwyd amdano eisoes, newyddiadurwr, ac un gŵr arall—un tawel, swil, â barf— nad oedd yn gyfarwydd i mi, ac nad agorodd ei geg o gwbl y noswaith honno, neu o leiaf ni welais ef yn gwneud. Wrth i ni fwyta'n cinio bu cryn ddamcaniaethu ynghylch absenoldeb yr Amser-Deithiwr, ac awgrymais i, a hynny heb fod yn llawn o ddifri, ei fod i ffwrdd efallai, yn teithio mewn amser. Roedd ar y Golygydd eisiau esboniad am hynny, a rhoddodd y Seicolegydd hanes digon prennaidd o'r "tric a pharadocs clyfar" a welsom ni'r wythnos gynt. Roedd ar ganol ei hanes pan, yn araf ac yn ddistaw, agorodd y drws i'r coridor. Fi oedd yn wynebu'r drws hwn, a fi felly oedd y cyntaf i'w weld.

"S'mae!" meddwn i. "O'r diwedd!"

Agorodd y drws yn lletach, ac yno'n sefyll o'n blaenau oedd yr Amser-Deithiwr.

Llefais mewn syndod.

"Beth gebyst?! Beth sy'n bod, ddyn?" llefodd y Gŵr Meddygol, y nesaf i'w weld. Ac fe drodd pawb tua'r drws.

Roedd yr Amser-Deithiwr mewn cyflwr anhygoel. Roedd ei got yn llychlyd ac yn fudr ac roedd yna rywbeth gwyrdd yn staenio'i lewys; roedd ei wallt yn anrhefn i gyd, ac yn edrych i mi pe bai'n fwy llwyd—naill ai'n llawn llwch a buddred, neu wedi pylu go iawn. Roedd ei wyneb yn welw fel ysbryd ac roedd dolur brown ar ei ên, ac er bod hwnnw wedi hanner gwella roedd ei olwg ar y cyfan yn wyllt a blinedig. Edrychai fel petai wedi dioddef yn enbyd. Oedodd am eiliad yn y drws, fe petai'r golau'n ei ddallu. Yna camodd i'r ystafell. Cerddai'n gloff, yn yr un fath o ffordd ag y gwelais hen grwydriad yn gwneud llawer tro. Syllon ni arno mewn tawelwch, yn aros iddo ddweud rhywbeth.

Ni ddwedodd air, ond fe gerddodd yn boenus at y bwrdd, gan ystumio at y gwin. Llenwodd y Golygydd wydraid o siampaen a'i wthio tuag ato. Fe'i llyncodd mewn un, gan wneud rhyw les iddo, debyg: edrychodd o gwmpas y bwrdd, a dychwelodd ysbryd ei hen wên i'w wyneb.

"Beth ar y ddaear wyt ti wedi'i wneud?" meddai'r Doctor.

Roedd yr Amser-Deithiwr fel pe bai heb glywed.

"Peidiwch adael i mi darfu arnoch," meddai, ei ynganiad yn ansicr, rywsut. "Rydw i'n iawn."

Peidiodd, cyn estyn ei wydr am ragor, a'i yfed mewn un eto.

"Mae hynny'n dda," meddai. Aeth ei lygaid yn fwy llachar, a daeth rhywfaint o liw yn ôl i'w fochau. Edrychodd â rhyw olwg gadarnhaol ar bob un ohonom ni yn ein tro, cyn cerdded o gwmpas yr ystafell gynnes, foethus. Wedyn siaradodd eto, yn dal fel petai'n teimlo'i ffordd o gwmpas y geiriau. "Rydw i'n mynd i ymolchi a gwisgo, wedyn dof i i lawr er mwyn esbonio pethau... Cadwch rywfaint o'r cig oen i mi. Rydw i bron â marw eisiau cig."

Edrychodd draw at y Golygydd, nad oedd ond yn ymweld ag ef yn bur anaml, a gofyn iddo a oedd yn iawn. Dechreuodd yntau ofyn cwestiwn, ond "Maes o law," meddai'r Amser-Deithiwr. "Rydw i'n—rhyfedd! Byddaf yn iawn toc."

Rhoddodd ei wydr i lawr, a cherdded draw tua'r drws i'r grisiau. Sylwais unwaith eto ar ei hercian cloff ac ar sŵn meddal ei draed ar y llawr. Sefais yn y fan gan edrych ar ei draed wrth iddo adael. Doedd dim byd arnynt heblaw pâr o sanau carpiog, wedi'u staenio â gwaed. Caeodd y drws ar ei ôl. Roeddwn i'n hanner bwriadu ei ddilyn, nes i mi gofio faint oedd yn gas ganddo pan oedd pobl yn ffwdanu yn ei gylch. Myfyriais yn dawel felly, am ryw funud efallai. Yna, clywais y Golygydd yn dweud, "Ymddygiad Rhyfedd Gwyddonydd Enwog," yn amlwg yn meddwl mewn penawdau (yn ôl ei arfer). Tynnodd hynny fy sylw yn ôl at olau llachar y bwrdd, a'r bwyd.

"Beth sy'n mynd ymlaen?" gofynnodd y Newyddiadurwr. "Ydy e wedi bod wrthi'n begera? Dw i ddim yn deall." Edrychais i lygaid y Seicolegydd, gan weld yno ei fod yn amlwg wedi dod i'r un casgliad a minnau. Meddyliais am yr Amser-Deithiwr yn hercian yn boenus i fyny'r grisiau. Dydw i ddim yn meddwl i neb arall sylwi ar ei gloffni.

Y cyntaf i ddod ato'i hun yn llwyr wedi hyn oedd y Gŵr Meddygol, a ganodd y gloch—roedd yn gas gan yr Amser-

Deithiwr gael ei weini wrth fwyta—i alw am blât poeth. Ar hynny, rhochodd y Golygydd gan droi at ei gyllell a'i fforc. Fe'i dilynwyd ef gan y Gŵr Distaw. Aethpwyd ymlaen gyda'r pryd o fwyd, ac am gyfnod yr unig drafodaeth oedd yr ebychiadau yn y bylchau yn y syfrdanwch.

Ond wedyn aeth chwilfrydedd y Golygydd yn drech nag ef. "Ydy'n cyfaill yn ennill ei fywoliaeth drwy 'sgubo'r ffyrdd? Neu ydy e'n mynd fel Nebuchodonosor o bryd i'w gilydd?" gofynnodd.

"Rydw i'n sicr mai'r busnes Peiriant Amser hwn sydd wrth wraidd y peth," meddwn i, gan ailafael yn hanes y Seicolegydd o'n cyfarfod blaenorol.

Roedd y gwesteion newydd yn llwyr anghrediniol. Cododd y Golygydd wrthwynebiadau. "Beth oedd y teithio hwn, mewn amser? Does bosib bod modd i ddyn orchuddio'i hun â llwch drwy drochi mewn paradocs, nac oes?" Ac wedyn, â'r syniad yn mynd â'i ddychymyg, dechreuodd fynd i hwyl. Onid oedd yna frwsys dillad ar gael yn y Dyfodol? Nid oedd y Newyddiadurwr, chwaith, yn credu'r peth o gwbl, ac ymunodd â'r Golygydd i wneud hwyl ar ben yr holl beth. Newyddiadurwyr oeddynt o'r fath newydd—dynion ifanc, llawen, amharchus. Roedd y Newyddiadurwr wrthi'n dweud—neu yn hytrach, yn gweiddi: "Dyma adroddiad diweddaraf ein Gohebydd Arbennig o'r Drennydd!", pan ddychwelodd yr Amser-Deithiwr. Gwisgai ddillad digon priodol ar gyfer cinio hwyr, a doedd dim byd amdano heblaw'r olwg ar ei wyneb i awgrymu'r newid oedd wedi codi cymaint o fraw arnaf.

"Dyma ni," meddai'r Golygydd, dan chwerthin, "mae'r gwŷr yma'n dweud dy fod di wedi bod wrthi'n teithio i ganol wythnos nesaf! Dewch, dwedwch y cwbl am Roseberry[*] bach, wnewch chi? Faint ydych chi eisiau, am yr holl hanes?"

---

[*] Arglwydd Roseberry, Prif Weinidog Prydain ar y pryd.

Aeth yr Amser-Deithiwr draw at y man yr oeddem wedi'i gadw iddo, heb ddweud gair: dim ond gwenu'n dawel, yn ôl ei arfer. "Ble mae'r cig oen?" meddai. "Am hyfryd yw cael procio darn o gig gyda fforc unwaith eto!"

"Yr hanes!" llefodd y Golygydd.

"Go daria'r hanes!" meddai'r Amser-Deithiwr. "Dwi am gael rhywbeth i'w fwyta. Dydw i ddim am ddweud gair nes bod yna ychydig o bepton yn fy ngwythiennau. Diolch. A'r halen."

"Un gair," meddwn i. "Wyt ti wedi bod yn teithio mewn amser?"

"Ydw," meddai'r Amser-Deithiwr, ei geg yn llawn, gan nodio'i ben.

"Rwy'n cynnig un swllt i chi am gofnod ysgrifenedig," meddai'r Golygydd. Gwthiodd yr Amser-Deithiwr ei wydr tuag at y Gŵr Distaw, a oedd wedi bod yn syllu arno. Tapiodd y gwydr gyda'i ewinedd; cododd hynny fraw ar y Gŵr Distaw, ond arllwysodd hwnnw'r gwin iddo serch hynny. Roedd gweddill y cinio'n anghyfforddus braidd. O'm rhan i, roedd cwestiynau'n codi i'm gwefusau o hyd, a debyg bod y lleill yr un fath. Ceisiodd y Newyddiadurwr leddfu'r tensiwn drwy adrodd straeon am Hettie Potter. Roedd holl sylw'r Amser-Deithiwr ar ei fwyd, a bwytaodd yn awchus fel trempyn. Ysmygodd y Gŵr Meddygol sigarét, gan wylio'r Amser-Deithiwr o hyd. Roedd y Gŵr Distaw fel petai'n fwy chwithig hyd yn oed nag o'r blaen, ac fe yfai'r siampaen yn gyson ac yn benderfynol yn ei nerfusrwydd. O'r diwedd, gwthiodd yr Amser-Deithiwr ei blât ymaith, gan edrych o gwmpas arnom.

"Debyg bod angen ymddiheuro," meddai. "Yn syml iawn: roeddwn i'n llwgu. Rydw i wedi cael amser hollol anhygoel."

Estynodd ei law am sigâr, a thorri ei ben. "Ond dewch i'r ystafell ysmygu. Mae'r hanes yn un rhy hir i'w ddweud dros blatiau budr." Dechreuodd ein harwain ni i'r ystafell nesaf, gan ganu'r gloch ar ei ffordd.

"Rydych chi wedi sôn wrth —, — a — am y peiriant?" gofynnodd i mi, gan bwyso'n ôl yn ei gadair freichiau ac enwi'r tri gwestai newydd.

"Ond paradocs llwyr yw'r holl beth," meddai'r Golygydd.

"Does gen i mo'r gallu i ddadlau heno. Rwy'n fodlon rhannu'r hanes, ond nid dadlau. Byddaf," aeth yn ei flaen, "yn rhannu hanes yr hyn ddigwyddodd i mi, os hoffech chi i mi wneud, ond rhaid i chi beidio â thorri ar draws. Mae arnaf eisiau'i rannu. Yn fawr iawn. Bydd naws celwydd i lawer iawn ohono. Iawn felly! Ond serch hynny, mae'n wir—pob gair. Roeddwn i yn fy labordy am bedwar o'r gloch, ac ers hynny ... rydw i wedi bod yn byw am wyth diwrnod ... wyth diwrnod na welodd yr un bod dynol eu tebyg, erioed! Rydw i wedi llwyr ymlâdd, ond ni allaf gysgu nes i mi rannu'r hanes hwn â chi. Wedyn, fe af i i'r gwely. Ond dim torri ar draws! Ydy pawb yn cytuno?"

"Cytuno," meddai'r Golygydd, ac adleisiodd y gweddill: "Cytuno." Ac ar hynny, dechreuodd yr Amser-Deithiwr ar ei hanes, fel yr wyf innau wedi ei gosod allan yma. I ddechrau, eisteddai yn ei gadair, gan siarad fel gŵr blinedig iawn. Yn ddiweddarach aeth yn fwy sionc. Wrth gofnodi'r hanes yma rydw i'n ymwybodol iawn pa mor annigonol yw pen ac inc—ac yn fwy na hynny, fy ngallu fy hun—i fynegi ei gynnwys. Hwyrach y byddwch chi'n darllen yn ddigon astud; ond ni allwch chi weld wyneb gwyn, taer y siaradwr yng nghylch llachar y lamp fach, na chlywed nodau ei lais. Amhosib i chi yw gwybod sut y dilynodd ei wyneb troeon ei hanes! Roedd y rhan fwyaf ohonom ni'r gwrandawyr yn y cysgodion, gan nad oedd canhwyllau'r ystafell ysmygu wedi'u goleuo, a dim ond wyneb y Newyddiadurwr a choesau'r Gŵr Distaw (o'r pengliniau i lawr) y gallwn eu gweld. Ar y dechrau, roeddem yn edrych ar ein gilydd bob hyn a hyn. Rhoddwyd y gorau i hynny ar ôl cyfnod, gan edrych ar wyneb yr Amser-Deithiwr yn unig.

IV.
Teithio Mewn Amser

"Soniais ddydd Iau diwethaf wrth rai ohonoch am egwyddorion y Peiriant Amser. Dangosais y peiriant ei hunan i chi, yn y gweithdy, yn anghyflawn. Mae yno o hyd, er bod digon o ôl teithio arno, rhaid cyfaddef; mae un o'r bariau ifori wedi torri ac un o'r rheiliau pres wedi'i blygu, ond mae'r gweddill yn ddigon cadarn. Roeddwn i wedi disgwyl ei gwblhau Ddydd Gwener, ond y diwrnod hwnnw, a minnau bron â gorffen rhoi popeth at ei gilydd, sylwais fod un o'r bariau nicel yn rhy fyr, o fodfedd yn union. Rhaid oedd gwneud un newydd, ac o ganlyniad nid oedd y peiriant wedi'i gwblhau tan fore heddiw. Dechreuodd gyrfa'r Peiriant Amser cyntaf erioed y bore hwn, am ddeg o'r gloch. Rhoddais un ergyd fach olaf iddo â'm morthwyl, gwirio'r holl sgriwiau a rhoi un diferyn olaf o olew ar y bar cwarts cyn eistedd yn y cyfrwy. Doedd dim syniad gen i beth oedd yn mynd i ddigwydd nesaf, dim mwy na dyn sy'n dal dryll i'w ben ei hun ac yn bwriadu saethu, debyg. Rhoddais un llaw ar y lifer a fyddai'n dechrau'r peiriant, a'r llall ar y lifer i wneud iddo aros; pwysais ar y cyntaf, ac wedyn yr ail bron yn union wedyn. Roedd hi fel petawn i'n troelli; cefais deimlad dychrynllyd fy mod i'n cwympo, ond, o edrych o'm cwmpas, gwelais y labordy, yn union fel o'r blaen. Oedd unrhyw beth wedi digwydd? Meddyliais am eiliad bod fy meddwl wedi fy nhwyllo. Yna sylwais ar y cloc. Eiliad ynghynt, neu felly'r oedd hi'n teimlo, bu'r un cloc yn dweud rhyw funud wedi deg o'r gloch; ond bellach roedd hi bron yn hanner awr wedi tri!

"Daliais fy anadl a chlensio fy nannedd. Daliais y lifer dechrau gyda fy nwylo, a gydag ergyd drwm, i ffwrdd â fi. Aeth y labordy'n annelwig a thywyll. Daeth Mrs. Watchett i mewn a cherdded, heb fy ngweld, debyg, tua'r drws i'r ardd. Cymerodd ryw funud i groesi'r ystafell, debyg, ond i fi roedd hi fel petai'n saethu ar ei thraws fel roced. Pwysais ar y lifer, yr holl ffordd i lawr. Fel petawn i wedi diffodd lamp, daeth y nos; ac mewn eiliad arall roedd hi'n fore yfory. Aeth y labordy'n fwyfwy egwan ac annelwig o hyd. Aeth hi'n dywyll gyda'r nos, wedyn roedd hi'n ddydd eto, nos eto, a dydd eto, yn gyflymach a chyflymach o hyd. Llenwodd fy nghlustiau â murmur cyson, a dechreuodd fy meddwl gymylu'n rhyfedd.

"Mae'n flin gen i, ond amhosib yw cyfleu teimladau rhyfedd teithio mewn amser yn iawn. Mae'n annymunol eithriadol. Mae'n teimlo'n union fel bod ar drên colli-cyllau—symud yn eich blaen heb allu aros! Teimlais hefyd yr un disgwyl erchyll fy mod ar fin crasio. Wrth i mi gyflymu, dilynai'r nosweithiau'r dyddiau, fel adain ddu yn curo. Wedyn roedd fel petai awgrym annelwig y labordy yn cwympo i ffwrdd yn llwyr, a gwelais yr haul yn llamu'n gyflym ar draws yr awyr, bob munud, â phob munud yn ddiwrnod. Cefais yr argraff bod y labordy wedi'i ddinistrio, a'm bod yn yr awyr agored bellach. Cefais ryw awgrym aneglur o sgaffaldiau, ond roeddwn i eisoes yn mynd yn rhy gyflym i sylwi ar unrhyw beth yn symud. Byddai'r falwen fwyaf araf wedi rhuthro heibio i mi, yn rhy gyflym i mi ei weld. Roedd fflachio'r tywyllwch a'r golau'n boenus iawn i'm llygaid. Wedyn, yn y cyfnodau tywyll, gwelais y lleuad yn troelli'n gyflym drwy ei chwarteri, o leuad newydd i leuad lawn, a chefais gipolwg o'r sêr pell. Yn y man, a minnau'n mynd o hyd, ac yn cyflymu o hyd, aeth curiad cyson dydd a nos yn un llwydni parhaus; aeth yr awyr wedyn yn las dwfn hyfryd, lliw ysblennydd fel petai'n wyll cynnar; aeth yr haul herciog yn stribyn o dân, yn arch llachar, yn y gofod; stribyn gwelwach oedd y lleuad, ac ni allwn i weld y sêr bellach, heblaw am gylch disglair yn y glesni bob hyn a hyn.

"Roedd y dirwedd yn niwlog ac yn annelwig. Roeddwn i'n dal i fod ar ochr y bryn lle mae'r tŷ hwn yn sefyll heddiw, â'r esgair yn llwyd a niwlog uwch fy mhen, Gwelais goed yn tyfu a newid fel mân gymylau, yn frown, yn wyrdd; fe'u gwelais yn tyfu, yn ymledu, yn crynu, ac yn difa. Gwelais adeiladau enfawr yn codi'n hardd ac annelwig, a diflannu drachefn, megis breuddwydion. Roedd holl arwyneb y ddaear fel petai'n newid—yn ymdoddi ac yn llifo o flaen fy llygaid. Mae deialau ar y peiriant i fesur ei gyflymder, ac roeddynt yn dal i droelli, yn gyflymach a chyflymach. Maes o law, sylwais fod gwregys yr haul yn siglo i fyny ac i lawr o un heulsaf i'r llall, mewn munud neu lai; roeddwn i'n teithio dros flwyddyn bob munud felly; ac o funud i funud fflachiodd yr eira wen ar draws y byd, a diflannu i'w ddilyn wedyn gan wyrddni llachar, byrhoedlog y gwanwyn'.

"Roedd y teimladau annifyr a fu yno ar y dechrau bellach yn llai amlwg. O'r diwedd, troesant yn fath o orfoledd hysteraidd. Sylwais fod y peiriant yn siglo'n drwsgl, ac nid oeddwn yn sicr yn union pam. Fodd bynnag, roeddwn i'n rhy ddryslyd i wneud dim byd am hynny, felly gyda math o wallgofrwydd yn tyfu ynof, ymdaflais fy hun i'r dyfodol. Prin oeddwn i'n meddwl am beidio ag aros i ddechrau, nac am ddim byd arall heblaw'r teimladau newydd hyn. Ond maes o law dechreuodd teimladau newydd dyfu yn fy meddwl—math o chwilfrydedd, a rhyw ddychryn hefyd— nes iddynt ei lenwi'n llwyr. Pa ddatblygiadau rhyfedd ar ran y ddynoliaeth, meddyliais; pa gynnydd rhyfeddol ar ein gwareiddiad sylfaenol ni fyddai'n ymddangos pe bawn i'n edrych ar y byd annelwig hwnnw oedd yn rhuthro heibio o flaen fy llygaid? Gwelais strwythurau mawr ac ysblennydd yn codi o'm cwmpas, yn fwy o lawer nag unrhyw adeilad o'n hamser ni, ac eto, yn ôl eu golwg, wedi'u hadeiladu o gaddug a niwl. Gwelais wyrddni bras yn llifo i fyny ochrau'r bryn, ac aros yno, heb i'r gaeaf darfu arno. Er gwaethaf fy nryswch, roedd y ddaear i'w gweld yn hardd iawn. Dechreuais, felly, feddwl am wneud i'r peiriant aros.

"O bwys neilltuol oedd y posibilrwydd y byddwn yn cael hyd i ryw sylwedd yn y man lle'r oeddwn i, neu'r peiriant. A minnau'n dal i deithio'n gyflym drwy amser, prin oedd ots am hynny: roeddwn i'n denau, fel petai—yn llithro fel mwg drwy bob sylwedd arall! Ond byddai aros yn golygu gorfodi fy hunan, fesul moleciwl, i mewn i beth bynnag oedd yn fy ffordd; golygai rhoi fy atomau mor agos at rai'r rhwystr fel y gallai achosi adwaith cemegol sylweddol— ffrwydrad enfawr, mwy na thebyg—gan fy alltudio a'm dyfais o bob dimensiwn—i'r Anhysbys. Roeddwn i eisoes wedi meddwl sawl gwaith am y posibiliad hwn wrth adeiladu'r peiriant; ond ar yr adeg hynny roeddwn i wedi'i dderbyn, yn ddigon siriol, fel perygl nad oedd modd ei osgoi—un o'r peryglon hynny y mae'n rhaid i ddyn ei wynebu! Â'r perygl bellach wrth law, doeddwn i ddim mor hapus yn ei gylch. Y gwir oedd, â hynny'n ddigon afresymol, fod yr holl ryfeddwch, siglo annifyr y peiriant, ac yn bennaf oll y teimlad fy mod i'n cwympo o hyd, wedi fy ngyrru o'm cof. Roeddwn i'n argyhoeddedig na fyddwn i byth yn aros, a gyda phwl o ystyfnigrwydd penderfynais aros ar unwaith. Fel ffŵl diamynedd, tynnais yn dynn ar y lifer, ac wedyn aeth yr holl beth i droelli heb reolaeth, a chefais i fy nhaflu'n bendramwnwgl drwy'r awyr.

"Daeth sŵn taranau i fy nghlustiau. Cefais fy nharo'n anymwybodol am ryw eiliad, efallai. Roedd cenllysg didrugaredd yn cwympo o'm cwmpas, ac roeddwn i'n eistedd ar laswellt meddal o flaen y peiriant, oedd wedi cwympo ar ei ochr. Teimlai popeth yn llwydaidd o hyd, ond yn fuan iawn sylwais fod y dryswch yn fy nghlustiau wedi mynd. Edrychais o'm cwmpas. Roeddwn i'n eistedd mewn rhywle ag iddo olwg gardd, â llwyni rhododendron o'm cwmpas; sylwais fod curo'r cenllysg yn taro eu blodau porffor i'r llawr. Roedd y rheiny fel cwmwl bach uwchben y peiriant, ac yn adlamu ar hyd y llawr fel mwg. Cyn pen dim roeddwn i'n wlyb diferol. 'Croeso cynnes,' meddwn i, 'i ddyn sydd wedi teithio am flynyddoedd maith i'ch gweld.'

"Wedyn meddyliais mor wirion oeddwn i wedi bod wrth wlychu. Codais ar fy nhraed ac edrych o'm cwmpas. Roedd cerflun anferthol i'w weld y tu hwnt i'r llwyni, wedi'i gerfio o ryw graig wen yn ôl y golwg, ond a hithau'n tywallt roedd hi'n anodd gweld unrhyw fanylion. Roedd gweddill y byd o'r golwg yn llwyr.

"Byddai disgrifio fy nheimladau yn anodd. A'r cenllysg yn dechrau darfod, daeth y ffigwr gwyn yn fwyfwy eglur. Roedd y cerflun yn fawr iawn. Tyfai bedwen wrth ei ochr, ond nid oedd ond yn cyrraedd ei ysgwydd. Roedd wedi'i wneud o farmor gwyn, ac o ran siâp roedd rhywbeth yn debyg i sffincs gydag adenydd, ond roedd y rhain ar led yn hytrach na wedi'u tycio i'r tu ôl, fel bod y cerflun yn edrych fel petai'n hofran. Edrychai i mi fel petai'r pedestal o efydd, â rhwd gwyrdd yn drwch arno. Roedd yn fy wynebu, digwydd bod, â'r llygaid dall fel petai'n fy ngwylio, ac roedd cysgod gwên ar ei wefusau. Roedd yn dreuliedig iawn, a rhoddai hynny yr awgrym annifyr ei fod rywsut yn sâl. Sefais yno'n syllu arno am gryn amser—hanner munud efallai, neu hanner awr. Roedd fel petai'n symud yn agosach neu'n bellach oddi wrthyf wrth i dywallt y cenllysg o'i flaen amrywio. Tynnais fy llygaid oddi arno o'r diwedd, a sylweddoli bod y cenllysg bron â pheidio, a bod yr awyr wedi dechrau llenwi ag addewid yr haul.

"Edrychais eto ar y ffurf wen yn eistedd yno, ac fe'm trawyd yn sydyn gan fyrbwylltra fy nhaith. Beth fyddai'n ymddangos, wedi i len y cenllysg ddiflannu'n llwyr? Beth fyddai wedi digwydd i'r ddynoliaeth? Beth os oedd creulondeb wedi tyfu'n gyffredin? Beth petai'r hil wedi colli ei dynoliaeth yn y cyfamser, ac wedi datblygu'n rhywbeth gyfan gwbl annynol, digydymdeimlad, a phwerus tu hwnt? Efallai byddwn innau'n ymddangos fel rhyw anifail gwyllt o'r cynfyd, a'r tebygrwydd yn ein hwynebau'n gwneud dim ond fy ngwneud i'n fwy erchyll ac atgas iddynt—creadur ffiaidd, i'w ladd ar unwaith.

"Roeddwn i eisoes yn dechrau gweld siapau enfawr eraill—adeiladau anferthol ag iddynt ragfuriau cymhleth a cholofnau tal, gyda bryn coedwigol yn araf ymddangos wrth i'r storm gilio. Cydiodd ddychryn ofnadwy ynof. Troais ar unwaith i'r Peiriant Amser, ac ymdrechu i'w atgywiro. Wrth i mi wneud hynny dechreuodd pelydrau'r haul dorri drwy'r storm. Ysgubwyd y cenllysg llwyd ymaith, gan ddiflannu fel ysbryd mewn dillad carpiog. Uwchben, yng nglesni dwys awyr yr haf, diflannodd yr olaf o'r cymylau gwelwon brown. Roedd yr adeiladau crand o'm cwmpas yn glir, ac yn disgleirio â gwlypter y storm, â'r cenllysg gwynion yn eu haddurno. Teimlais yn noeth, mewn byd rhyfedd. Teimlais, efallai, fel y byddai aderyn yn yr awyr agored, gan wybod fod yr hebog uwchben ar fin plymio. Tyfodd fy ofn yn fwy byth. Cymerais eiliad i anadlu, a chlensio fy nannedd, a dechrau drachefn, gerfydd fy ngarddwn a'm pen-glin, i wthio'r peiriant. O'r diwedd, ildiodd i'm gwthio gwyllt, a throi drosodd, gan fy nharo'n arw ar fy ngên. Ag un llaw ar y cyfrwy, a'r llall ar y lifer, sefais yn anadlu'n drwm, cyn paratoi i ddringo iddo.

"Ond, a minnau wedi adfer fy hun wedi trychineb, dychwelodd fy newrder. Edrychais ar fyd y dyfodol pell hwn â rhagor o chwilfrydedd bellach, ac â llai o ofn. Yn uchel yn wal y tŷ gerllaw, mewn agoriad crwn, gwelais nifer o bobl, yn gwisgo mentyll meddal, moethus. Roeddynt yn edrych tuag ataf, ac wedi fy ngweld.

"Wedyn, clywais leisiau'n agosáu. Yn dod drwy'r llwyni wrth ochrau'r Sffincs Gwyn gwelais bennau ac ysgwyddau dynion yn rhedeg. Daeth un o'r rhain i'r golwg ar hyd llwybr yn arwain yn uniongyrchol at y borfa fach lle'r oeddwn i'n sefyll gyda'r peiriant. Creadur bychan ydoedd— rhyw bedwar troedfedd o uchder, efallai—yn gwisgo tiwnig borffor, â gwregys ledr am ei ganol. Gwisgai sandalau neu goesarnau—doeddwn i ddim yn gallu gweld pa un—ar ei draed; roedd ei goesau'n noeth hyd at ei bengliniau, a doedd dim byd ganddo ar ei ben. Pan sylwais ar hynny, sylweddolais am y tro cyntaf mor gynnes oedd yr awyr.

"Edrychai i mi fel creadur hynod hardd a gosgeiddig, ond un eithriadol o fregus. Roedd ei wyneb coch yn fy atgoffa o ddioddefwr hardd o'r ddarfodedigaeth—roedd ganddo'r prydferthwch hectig hynny yr oeddem yn arfer clywed amdano'n aml iawn. O'i weld, daeth fy hyder i gyd yn ôl ataf. Gollyngais fy ngafael ar y peiriant.

V.
Yn yr Oes Aur

"Eiliad yn ddiweddarach roedden ni ein dau'n wynebu ein gilydd: minnau a'r creadur bregus hwn o'r dyfodol. Daeth yn syth ataf i, a chwarddodd yn uchel yn fy wyneb. Fe'm trawyd yn syth gan y ffaith nad oedd yr un awgrym o ofn ynddo o gwbl. Trodd wedyn at y ddau arall oedd yn ei ddilyn i ymgynghori â nhw mewn iaith ryfedd, felys, lyfn.

"Roedd rhagor ohonynt ar eu ffordd, ac ymhen fawr o dro roedd grŵp bach o ryw wyth neu ddeg o'r creaduriaid bychain hyn o'm cwmpas. Fe'm cyfarchwyd gan un ohonynt. Daeth syniad rhyfedd i mi o rywle y byddai fy llais rywsut yn rhy gras a dwfn iddynt. Felly ysgydwais fy mhen, a, gan bwyntio at fy nghlustiau, ei ysgwyd eto. Daeth yntau gam yn agosach, oedodd, wedyn cyffyrddodd â'm llaw. Yna teimlais ddwylo bach meddal eraill ar fy nghefn a'm hysgwyddau. Roeddynt eisiau gwybod os oeddwn i yno go iawn ai peidio. Doedd dim byd o gwbl yn y peth. Yn wir, roedd rhywbeth am y bobl bach hardd oedd yn rhoi hyder i rywun—rhyw fwynder ysgafn, math o agosatrwydd plentynnaidd. Beth bynnag, roedd golwg mor wan arnynt fel ei bod hi'n ddigon hawdd dychmygu eu taflu i bobman fel nawpinnau. Serch hynny, gwnes i ystum o rybudd tuag atynt pan welais eu dwylo bach pinc yn byseddu'r Peiriant Amser. Meddyliais wedyn am berygl nad oeddwn i wedi meddwl amdani cyn hynny—ac yn ffodus felly, a hithau ddim eto'n rhy hwyr. Estynnais fy llaw dros fariau'r peiriant, datod y liferi bach a fyddai wedi'i gychwyn, a'u rhoi yn fy mhoced. Wedyn troais at y bobl bach drachefn i weld beth oedd modd i ni ei wneud o ran cyfathrebu.

"O syllu'n agosach at eu hwynebau wedyn, sylwais ar nodweddion rhyfedd eraill yn eu harddwch tegannaidd, oedd megis Tsiena Dresden. Daethai eu gwallt, oedd heb eithriad yn gyrliog, i ddiwedd sydyn wrth gyrraedd eu gyddfau a'u bochau; doedd dim awgrym o gwbl ohono ar eu hwynebau, ac roedd eu clustiau'n eithriadol o fach. Roedd eu cegau'n fach, gyda gwefusau cochion, llachar, braidd yn denau, a'u genau bach yn bigfain. Roedd eu llygaid yn fawr ac yn fwyn; ac—gwerthfawrogaf fod yna nodau egotistaidd i hyn—ces i'r argraff rywsut bod yna ryw ddiffyg ynddynt o ran y diddordeb y buaswn i wedi disgwyl ei weld yno.

"Gan na wnaethon nhw'r un ymdrech i gyfathrebu gyda fi, dim ond sefyll o'm cwmpas yn gwenu ac yn siarad gyda'i gilydd mewn nodau meddal, mwyn, penderfynais ddechrau'r sgwrs fy hunan. Ystumiais at y Peiriant Amser ac ataf i fy hunan. Wedyn, gan oedi am eiliad i feddwl sut y gallwn fynegi cysyniad Amser, pwyntiais at yr haul. Ar unwaith, dilynodd un ohonynt drywydd fy mys: un bach hardd oedd, yn gwisgo porffor a gwyn. Fe'm syfrdanodd wedyn drwy efelychu sŵn taranau gyda'i geg.

"Roeddwn i'n syn am eiliad, er bod ystyr ei ystum yn ddigon clir. Daeth y cwestiwn i'm meddwl yn sydyn wedyn: ai rhyw fath o ynfytion oedd y creaduriaid hyn? Prin y gallwch werthfawrogi'r effaith a gafodd arnaf. Rhaid i chi ddeall, roeddwn i wedi cymryd erioed y byddai trigolion y flwyddyn Wyth Cant a Dwy Fil ymhell, bell ar ein blaenau o ran gwybodaeth, celfi, a phopeth. Ond wedyn dyma un ohonynt wedi gofyn cwestiwn i mi'n dangos ei fod ar lefel wybyddol plentyn pum mlwydd oed—roedd yn gofyn, mewn gwirionedd, ai mewn storm yr oeddwn i wedi dod, o'r haul! Hyd hynny roeddwn i wedi ymatal rhag beirniadu eu dillad gwirion, eu breichiau ysgafn gwan, a'u hwynebau bregus. Bellach, ni allwn i beidio â theimlo'n siomedig dros ben. Teimlwn fod adeiladu'r Peiriant Amser wedi bod yn gyfan gwbl ofer.

"Nodiais fy mhen, gan bwyntio ar yr haul, cyn gwneud sŵn taran fy hun, a hynny mor fywiog fel i mi godi braw arnynt. Camodd bob un ohonynt yn ôl, a moesymgrymu. Wedyn daeth un ohonynt yn ei flaen, â chadwyn o flodau prydferth yn ei ddwylo, a'i rhoi am fy ngwddf. Cymeradwywyd hyn yn frwd gan y lleill; ac mewn chwinciad roeddynt i gyd yn rhedeg yma a thraw yn hel blodau i'w taflu ar fy mhen, gan chwerthin o hyd, nes fy mod i bron a boddi mewn blodau. A chithau heb weld eu tebyg erioed, prin y gallwch chi ddychmygu mor gain a hyfryd oedd y blodau hynny: cynnyrch blynyddoedd aneirif o ddatblygiad diwylliannol. Awgrymodd un ohonynt wedyn y dylid arddangos eu tegan newydd yn yr adeilad agosaf, felly fe'm harweiniwyd heibio'r sffincs o farmor wen, â hwnnw fel petai'n fy ngwylio â gwên o hyd, hyd at adeilad adfeiliog enfawr o garreg lwyd. Wrth i mi adael iddynt fy arwain, ni allwn i beidio â chofio a chwerthin am ba mor hyderus yr oeddwn i wedi darogan y byddai dyfodol y ddynoliaeth wedi'i nodweddu gan ddifrifoldeb a gwybyddiaeth.

"Roedd drws yr adeilad yn enfawr, ac a dweud y gwir roedd yr holl beth yn hollol gawraidd. Yn ddigon naturiol, aethpwyd â fy sylw gan y dorf (a dyfai'n fwy o hyd), a gan y drysau mawr oedd ar agor o'm blaen, a'r cysgodion rhyfedd y tu hwnt iddynt. Yr argraff gyffredinol a gefais o'r o'r byd y tu allan oedd gwastatir dryslyd o lwyni a blodau hardd; fel gardd wedi'i hen esgeuluso, ond eto heb ddim chwyn. Gwelais nifer o dyrrau tal o flodau gwynion rhyfedd, rhyw droedfedd efallai o ben un petal cwyraidd i'r llall. Roeddynt yn tyfu ar wasgar ymhlith y llwyni amrywiol, fel pe baent yn wyllt, ond, fel y soniais, nid arhosais i'w harchwilio'n agos ar y pryd. Gorweddai'r

Peiriant Amser yno ar y lawnt yn angof, ymhlith y rhododendronau.

"Roedd arch y drws wedi'i cherfio'n gain, ond yn naturiol ni chefais gyfle i edrych yn agos ar y cerfiadau, er i mi gredu i mi weld awgrym o hen addurniadau Ffenicaidd* wrth fynd heibio. Fe'm trawyd hefyd eu bod yn doredig, ac wedi'u treulio'n wael iawn. Daeth mwy o bobl yn eu dillad lliwgar i gwrdd â mi wrth y porth, ac i mewn â ni felly, minnau'n gwisgo fy nillad di-raen o'r Bedwaredd Ganrif ar Bymtheg, ac yn edrych yn ddigon afluniaidd yn flodau i gyd wrth i donnau o ddillad llachar, meddal, ac o freichiau a choesau gwynion disglair chwyrlio o'm cwmpas; â chwerthin a siarad brwd yn gyfeiliant i'r cwbl.

"Y tu hwnt i'r porth mawr roedd yna neuadd, yr un mor fawr, gyda llenni brown yn ddodrefn iddi. Roedd y nenfwd yn dywyll, a digon gwan oedd y golau a ddaethai drwy'r ffenestri, rhannau ohonynt yn wydr lliwgar ac eraill heb wydr o gwbl. Roedd y llawr wedi'i wneud o flociau enfawr o ryw fath o fetel gwyn caled dros ben; nid platiau neu slabiau, ond blociau, a'r rhain, o'u golwg, wedi'u treulio cymaint gan fynd a dod cenedlaethau lu fel bod yna sianeli dyfnion ynddynt ar hyd y llwybrau prysuraf. Yn groes i hyd yr ystafell roedd nifer fawr o fyrddau wedi'u gwneud o slabiau o graig sgleiniog, rhyw droedfedd o'r llawr efallai, ac ar ben y rhain roedd yna bentyrrau lu o ffrwythau. Edrychai rhai ohonynt i mi fel math o fafon ac orenau chwyddedig, ond roedd y rhan fwyaf ohonynt yn anghyfarwydd.

"Roedd nifer fawr o glustogau wedi'u gwasgaru rhwng y byrddau. Eisteddodd fy hebryngwyr ar y rhain, gan erfyn

---

* Gwareiddiad Semitaidd yn y Môr Canoldir oedd Ffenicia rhwng tua 1200CC a choncwest eu tiriogaethau gan wladwriaethau amrywiol, er i elfennau o'u hieithoedd a'u diwylliant oroesi. Roeddynt yn cynnwys y Cananeiaid Beiblaidd a Charthago (*Carthage*) yng Ngogledd Affrica.

arnaf innau i wneud yr un fath. Yn llwyr ddiseremoni wedyn, aethant ati i fwyta'r ffrwythau gyda'u dwylo, gan daflu'r crwyn a'r coesau ac ati i'r tyllau crwn yn ochrau'r byrddau. Nid oedd rhaid fy mherswadio i ymuno â nhw, oherwydd roeddwn i'n llwglyd ac yn sychedig. Wrth fwyta, cefais ryddid i edrych yn fanylach ar y neuadd.

"Efallai mai'r peth a'm trawodd fwyaf amdani oedd mor adfeiliedig yr oedd hi. Roedd y ffenestri gwydr lliw, oedd yn ffurfio patrwm geometrig, wedi'u torri mewn sawl lle, ac roedd y llwch yn drwchus ar y llenni oedd wrth waelod y ffenestri. Sylwais hefyd fod cornel y bwrdd marmor gerllaw wedi'i gracio. Serch hynny, roedd yr effaith gyffredinol yn hynod o luniaidd a moethus. Rhaid bod yna ryw ddau gant efallai yn bwyta yn y neuadd honno, y rhan fwyaf yn eistedd mor agos ataf i ag yr oedd modd iddynt wneud, er mwyn fy ngwylio i'n agos, eu llygaid bach yn disgleirio uwchben y ffrwythau oedd yn fwyd iddynt. Roedd pob un ohonynt yn gwisgo gwisg o'r un deunydd, sidanaidd a meddal, ond cryf.

"Ffrwythau, gyda llaw, oedd eu hunig ymborth. Roedd pobl y dyfodol pell yn llysieuwyr llwyr, a phan oeddwn i gyda nhw rhaid oedd i minnau fod hefyd, er gwaetha fy chwant am gig. Yn wir, cefais wybod yn ddiweddarach bod ceffylau, gwartheg, defaid, cŵn—pob un ohonynt wedi dilyn yr Icthyosaurus i ddarfodedigaeth. Ond roedd y ffrwythau'n hyfryd iawn, serch hynny: roedd un, yn enwedig, oedd yn ei dymor yr holl adeg yr oeddwn i yno hyd y gwelais i—peth blawdaidd, mewn cragen tair ochrog—yn neilltuol o dda, a daeth yn brif ymborth i mi. I ddechrau roedd yr holl ffrwythau hyn, a'r blodau rhyfedd a welais, yn achos cryn ddirgelwch i mi; fodd bynnag, yn nes ymlaen byddwn yn dechrau sylweddoli eu pwysigrwydd.

"Am y tro, fodd bynnag, rydw i'n sôn am y pryd o ffrwythau a fwyteais i yn y dyfodol. A'm chwant bwyd wedi'i ddistewi, am y tro, penderfynais ddechrau ar ymdrech go iawn i ddeall iaith y dynion rhyfedd hyn. Hynny, yn amlwg, oedd y peth nesaf i'w wneud. Teimlai'r ffrwythau fel rhywbeth digon cyfleus i ni ddechrau arnynt, a gan ddal un ohonynt yn uchel dechreuais wneud cyfres o synau ac o ystumiau ymholgar. Anodd iawn oedd cyfleu fy ystyr iddynt. Yr unig ymateb a gafodd fy ymdrechion ar y dechrau oedd syllu syn neu chwerthin uchel, ond maes o law roedd un creadur bach â gwallt golau fel petai wedi deall fy mwriad, ac ynganodd enw. Bu'n rhaid iddynt sgwrsio ac esbonio'r holl beth i'w gilydd hyd syrffed wedyn, ac roedd fy ymdrechion cyntaf i efelychu synau bach hyfryd eu hiaith yn achos miri mawr—ac os oedd hynny braidd yn anghwrtais, mi oedd hi'n ddigon onest o leiaf. O'm rhan innau, roeddwn i'n teimlo fel ysgolfeistr ymhlith plant, a daliais ati, a chyn bo hir roedd gen i o leiaf ugain o enwau; dechreuais wedyn ar ragenwau, a hyd yn oed y ferf 'bwyta'. Ond roedd yn waith caled ac araf, a byddai'r bobl fychain yn blino'n gyflym, a chyn bo hir yn ceisio dianc rhag fy nghwestiynu. Penderfynais y byddai'n rhaid i mi roi eu gwersi bach iddynt mewn dognau bach, a phan oeddynt eu heisiau yn unig. A dognau bychain iawn oeddynt, cyn bo hir, oherwydd ni chwrddais i erioed â phobl fwy diog, nac a fu'n blino mor hawdd.

VI.
Machlud y Ddynoliaeth

"Yn fuan iawn, darganfuais rywbeth rhyfedd am fy ngwesteiwyr bach, a hynny oedd eu diffyg chwilfrydedd. Byddant yn dod ataf gyda syndod a brwdfrydedd, megis plant, ond, megis plant, yn rhoi'r gorau i mi yn ddigon buan, a mynd ymaith at ryw degan arall. Wedi i mi orffen y cinio, a'm hymdrechion cychwynnol i siarad eu hiaith, sylweddolais am y tro cyntaf bod bron pob un o'r rhai hynny oedd wedi fy amgylchynu ar y dechrau bellach wedi mynd. Rhyfedd, hefyd, mor gyflym y dechreuais innau ddiystyru'r bobl bach hyn fy hunan. A'm chwant bwyd wedi'i fodloni, es i allan drwy'r porth i'r haul unwaith eto. Roeddwn i'n dal i gyfarfod â rhagor o'r dyfodol-ddynion hyn o hyd. Byddant yn fy nilyn am ychydig, gan glebran a chwerthin yn fy nghylch, ac, wedi gwenu a chwifio arnaf, fy ngadael drachefn.

"Roedd hi'n noswaith dawel allan yn y byd, wrth i mi ddod allan o'r neuadd fawr, â phopeth wedi'i drochi yng ngolau cynnes y machlud. Fe'm dryswyd ar y dechrau. Roedd popeth yn hollol wahanol i'r byd yr oeddwn i wedi'i adnabod—hyd yn oed y blodau. Roedd yr adeilad mawr yr oeddwn i newydd ei adael yn sefyll ar lethr cwm llydan o'r afon, ond roedd y Tafwys wedi symud rhyw filltir o'i safle presennol efallai. Rhyw filltir a hanner i ffwrdd roedd pen esgair, a phenderfynais ddringo hwn er mwyn cael golwg gwell ar hon, ein daear ni, yn y flwyddyn Wyth Dim Dau Saith Dim Un A.D. Hynny, dylwn i esbonio, oedd y dyddiad oedd wedi'i gofnodi gan ddeialau bychain fy mheiriant.

"Wrth gerdded, roeddwn i'n gwylio o'm cwmpas am unrhyw beth a allai fod yn gymorth o unrhyw fath i esbonio cyflwr crand ond adfeiliedig y byd—oherwydd adfail *oedd* hi. Ychydig bellter i fyny'r llethr, er enghraifft, roedd pentwr anferth o wenithfaen, wedi'i ddal yn ei le gan lawer iawn o alwminiwm, drysfa enfawr o waliau uchel a phentyrrau blith-draphlith, ac yn eu plith glystyrau trwchus o blanhigion hardd iawn, fel pagodâu—danadl, o bosib—ond â'u dail yn frown hyfryd, a heb unrhyw flew pigog. Dyma adfail rhyw adeiladwaith anferth, yn amlwg, ond amhosib oedd gwybod at ba ddiben yr adeiladwyd hi yn y lle cyntaf. Yn y man hwn y byddwn innau, yn ddiweddarach, yn cael profiad rhyfedd iawn—awgrym cyntaf darganfyddiad mwy rhyfedd eto—ond soniaf am hynny eto, maes o law.

"Arhosais ar deras am gyfnod i orffwys, ac wrth edrych o'm cwmpas oddi yno sylweddolais yn sydyn nad oedd dim un bwthyn neu gartref bach i'w weld. Roedd y tŷ sengl wedi darfod, debyg, a'r teulu ei hun hefyd, efallai. Yma a thraw ymhlith y gwyrddni roedd sawl adeilad yn ymdebygu i blas mawr, ond roedd y tŷ a'r bwthyn, sy'n rhannau mor nodweddiadol o'n tirwedd Seisnig ni, wedi diflannu'n llwyr.

"'Comiwnyddiaeth,' meddwn i, i'm hunan.

"Ac yn syth ar ôl hynny daeth rhywbeth arall i'm meddwl. Edrychais ar yr hanner-dwsin o ffigyrau bach oedd yn fy nilyn. Mewn chwinciad, sylwais fod pob un ohonynt yn gwisgo'r un fath o ddillad, bod ganddynt yr un wynebau di-flew, a'r un breichiau crwn merchetaidd. Bydd hi'n rhyfedd gennych, efallai, i mi beidio â sylweddoli hyn yn gynt; ond roedd popeth mor rhyfedd, cofiwch. Beth bynnag, roeddwn i'n ei gweld hi'n berffaith glir bellach. O ran eu dillad, ac o ran yr holl amrywiaethau hynny mewn corff ac osgo sydd ar hyn o bryd yn gwahaniaethu'r rhywiau oddi wrth ei gilydd, roedd y dyfodol-bobl hyn yn unfath. Ac, hyd y gallwn i weld, nid oedd y plant yn ddim ond fersiynau llai o'u rhieni.

Ystyriais wedyn fod plant y cyfnod hwnnw'n hynod aeddfed eu golwg, yn gorfforol o leiaf, a chefais ddigon o gadarnhad o hynny'n ddiweddarach.

"O weld mor gysurus a diogel oedd bywydau'r bobl hyn, ystyriais wedyn nad annisgwyl oedd y tebygrwydd hwn rhwng y rhywiau; oherwydd nid yw cryfder dyn, caredigrwydd merched, sefydliad y teulu, a gwahaniaethau o ran swyddogaethau dynion a merched yn ddim ond angenrheidiau milwriaethus oes grym corfforol. Pan fo poblogaeth yn gytbwys ac yn ddigonol, peth drwg yn hytrach na da yw gormod o epilio, o safbwynt y Wladwriaeth; pan fo trais yn beth prin a phlant yn ddiogel, mae llai o angen—yn wir, does dim angen—am deuluoedd effeithlon, ac mae arbenigedd y rhywiau o ran anghenion eu plant yn diflannu. Rydyn ni'n dechrau gweld hyn hyd yn oed yn ein hoes ein hun, ac yn y dyfodol hwn roedd hi wedi cwblhau. Rhaid i mi eich atgoffa nad oedd hyn yn ddim byd ond rhagdybiaeth ar fy rhan i, ynghylch yr hyn a welwn i ar y pryd. Cefais wybod yn ddiweddarach mor bell o'r gwirionedd ydoedd.

"Wrth fyfyrio ar y materion hyn, daliwyd fy sylw gan strwythur bach hardd, a ymdebygai i ffynnon ddŵr dan gromen fach o do. Ystyriais am ychydig eiliadau mor rhyfedd oedd hi fod ffynhonnau dŵr yn dal i fodoli, cyn dychwelyd at fy myfyrio cyffredinol. Nid oedd yna unrhyw adeiladau mawr yn agos at gopa'r bryn, a gan fod fy ngallu i gerdded yn wyrthiol o'i gymharu â phobl yr oes, roeddwn i ar fy mhen fy hun am y tro cyntaf. Â rhyw synnwyr o ryddid anturus yn fy llenwi, ymlaen â fi i ben yr esgair.

"Yno cefais hyd i sedd, wedi'i wneud o ryw fetel melyn anghyfarwydd, wedi'i hanner gorchuddio â mwsogl meddal a gyda math o rwd pinc mewn mannau. Roedd y breichiau wedi'u bwrw a'u llunio i edrych fel pennau griffoniaid. Eisteddais yn y gadair a syllu yn ôl ar yr olygfa eang oedd i'w gweld o'r fan o'n hen fyd ni, dan fachlud y diwrnod hir. Roedd hi'n olygfa mor lluniaidd a braf ag unrhyw un a welais erioed. Roedd yr haul eisoes wedi suddo dan y gorwel ac roedd y gorllewin yn aur tanllyd, gydag ambell i linell borffor a choch. Roedd dyffryn y Tafwys islaw, a'r afon ar ei waelod fel stribed o fetel gloyw. Soniais eisoes am y plasau mawr oedd yn britho'r gwyrddni maith, rhai'n adfeilion ac eraill yn gyflawn o hyd. Yma a thraw roedd cerfluniau gwyn neu arian yng ngardd wyllt y byd, a llinell grom rhyw gromen neu obelisg. Doedd dim gwrychoedd, dim byd i awgrymu bod dim yn eiddo i hwn neu'r llall, dim tystiolaeth amaethyddol: roedd yr holl fyd yn ardd.

"O syllu ar hyn oll, dechreuais lunio dehongliad personol o'r pethau yr oeddwn i wedi'u gweld, a'r esboniad a ddaeth i'm meddwl y noson honno oedd rhywbeth fel hyn (Cefais wybod wedyn mai dim ond hanner y gwirionedd yr oeddwn i wedi'i ganfod—neu gipolwg, a hynny ar un agwedd o'r gwirionedd yn unig).

"Yr oeddwn, hwyrach, wedi cael hyd i'r ddynoliaeth ar drai. Gwnaeth machlud yr haul coch i mi feddwl am fachlud y ddynoliaeth. Am y tro cyntaf erioed, sylwais fod yna oblygiad rhyfedd i holl ymdrechion cymdeithasol ein presennol heddiw. Ond eto, serch hynny, goblygiad digon rhesymegol, wedi i chi feddwl amdano. Ffrwyth angen yw cryfder: mae'r angen am ddiogelwch yn gosod pris uchel ar wendid. Roedd ein holl waith i wella cyflwr ein bywydau—y wir broses gwareiddio, sy'n gwneud bywyd yn fwyfwy diogel a chysurus—wedi mynd rhagddo'n araf, ac wedi cyrraedd ei hanterth. Roedd y ddynoliaeth unedig wedi ennill un fuddugoliaeth dros Natur ar ôl y llall. Roedd y pethau hynny nad ydynt yn ddim ond breuddwydion ar hyn o bryd wedi'u rhoi ar waith, yn ymarferol ac yn fwriadol. Ac yma, bellach, roedd y canlyniadau i'w gweld!

"Wedi'r cyfan, dim ond megis dechrau mewn gwirionedd yw ein hamaethyddiaeth a'n gwyddoniaeth ni heddiw. Dim ond rhan fechan iawn o faes mawr afiechyd y mae'n gwyddoniaeth bresennol ni wedi ymosod arni, ond mae ei chynnydd serch hynny'n barhaus a di-droi'n-ôl. Mae'n hamaethyddiaeth a'n garddwriaeth bresennol ni yn dinistrio chwyn yma a thraw, wrth feithrin rhyw ugain o blanhigion defnyddiol, gan adael y mwyafrif helaeth i frwydro yn erbyn ei gilydd fel ag y bo. Rydyn ni'n gwella'n hoff blanhigion ac anifeiliaid—a dim ond ambell un ohonynt—yn araf drwy fridio detholus; nawr ac yn y man cawn eirin gwlanog gwell, neu rawnwin heb hadau, neu flodyn mwy a melysach, neu frîd o wartheg sy'n fwy cyfleus. Rydym yn eu gwella'n araf, oherwydd bod ein syniadau'n amwys a phetrus, a'n gwybodaeth yn gyfyng iawn; oherwydd bod Natur ei hun, hefyd, yn swil ac yn araf yn ein dwylo trwsgl. Bydd hyn i gyd wedi'i drefnu'n well rywbryd, ac yna'n well eto. Dyma gyfeiriad y cerrynt, er gwaethaf pob troelliad yn y llif. Bydd yr holl fyd yn ddeallus, hyddysg, ac yn cyd-weithio; bydd pethau'n symud yn fwyfwy cyflym o hyd, hyd nes i ni drechu Natur yn llwyr. Yn y diwedd, yn ddoeth a gofalus, byddwn yn atgyweirio cydbwysedd bywyd anifeiliaid a phlanhigion at ein dibenion dynol ni.

"Rhaid bod y newid hwn, meddwn i, wedi'i gwblhau, ac wedi'i gwblhau'n dda; wedi'i gwblhau, yn wir, am byth; yn y cyfnod hwnnw yr oedd fy mheiriant wedi neidio drosto. Doedd dim gwybed yn yr awyr, dim chwyn na ffwng yn y ddaear; roedd ffrwythau a blodau melys a hyfryd ym mhob man; a gloÿnnod hyfryd yn hedfan i bob cyfeiriad. Roedd breuddwyd ein meddygaeth ataliol wedi'i wireddu, ac afiechyd wedi'i ddifa. Ni welais yr un arwydd o haint na salwch yn ystod fy nghyfnod yno. Ac, yn y mân, bydd yn rhaid i mi sôn wrthych chi ynghylch sut oedd y newidiadau hyn wedi effeithio ar brosesau pydredd a braenedd hyd yn oed.

"Bu yna fuddugoliaethau cymdeithasol, hefyd. Gwelais y ddynoliaeth yn byw mewn cartrefi ysblennydd, yn gwisgo dillad gogoneddus, ac eto, doeddwn i ddim wedi gweld yr un ohonynt yn gweithio. Doedd dim arwydd o ymladd, nac o galedi cymdeithasol neu economaidd. Roedd pob siop, hysbyseb, a thraffig wedi diflannu, ynghyd â'r holl fasnach hynny sy'n brif sylwedd i'n cymdeithas ni heddiw. Digon naturiol oedd hi, y noswaith euraidd honno, i mi ddod i'r casgliad mai paradwys gymdeithasol oedd hon. Roedd problem y boblogaeth gynyddol wedi'i datrys, roeddwn i'n tybio, a'r boblogaeth wedi peidio â thyfu.

"Ond gyda'r newid hwn o ran cyflwr, yn anochel, daw addasiadau i'r newid. O gymryd nad yw ein gwyddoniaeth fiolegol yn frith o gamgymeriadau, beth, yn ein tyb ni, yw achos deallusrwydd a bywiogrwydd y ddynoliaeth? Caledi, a rhyddid: amgylchiadau lle mae'r gweithgar, y cryf, a'r cynnil yn goroesi, a'r gwan yn mynd i'r clawdd; amgylchiadau sy'n gosod gwerth uchel ar allu dynion galluog i gydweithio'n deyrngar; ar hunanreolaeth, amynedd, a phenderfynoldeb. Ac ar y teulu, a'r emosiynau hynny y mae teuluoedd yn eu magu: cenfigen, mwynder tuag at yr ifanc, ymrwymiad y rhiant; cymhelliant y rhain i gyd yw'r peryglon mae'r ifainc yn eu hwynebu. *Bellach*, ble mae'r peryglon hyn? Mae yna agwedd ar godi, ac mi fydd hi'n tyfu, sy'n dal bod cenfigen briodasol, mamolaeth ffyrnig, ac angerddoldeb o bob math bellach yn ddiangen: yn ein gwneud yn anghyfforddus, ac yn ddim ond goroesiadau o gyfnod mwy gwyllt, yn anghydnaws i fywydau gwâr a phleserus.

"Meddyliais am freuder corfforol y bobl, eu diffyg gwybyddiaeth, ac am yr adfeilion mawr ymhobman, ac fe gryfhaodd fy argyhoeddiad bod Natur wedi'i oresgyn yn llwyr yma. Oherwydd wedi'r frwydr, fe ddaw Tawelwch. Bu'r ddynoliaeth yn gryf, yn weithgar, ac yn ddeallus, ac roedd hi wedi defnyddio ei holl nerth a'i galluoedd i newid yr amgylchiadau hynny yr oedd hi'n byw oddi tanynt. A hyn oll oedd yr ymateb i'r cyflyrau newydd hyn.

"Dan yr amgylchiadau newydd hynny o fod y berffaith ddiogel a chysurus, byddai'r egni anniddig hynny sy'n gryfder i ni yn troi'n wendid, . Hyd yn oed yn ystod ein hamser ni mae yna rai dymuniadau a thueddiadau dynol, a fu unwaith yn hollol angenrheidiol ar gyfer goroesi, bellach yn fethiannau. Nid yw hyder corfforol a blas am frwydro, er enghraifft, yn ddefnyddiol iawn i ddyn gwâr—gallent fod yn rhwystrau hyd yn oed. Ac mewn cyflwr o gytbwysedd a diogelwch corfforol, ychydig fyddai'r gwir angen am gryfder, boed yn wybyddol neu'n gorfforol. Fy marn i oedd bod blynyddoedd aneirif wedi mynd heibio ers y bu yna unrhyw berygl o ryfel neu drais rhwng unigolion, unrhyw berygl gan fwystfilod gwyllt, unrhyw afiechyd bod angen cyfansoddiad cryf i'w goroesi, ac unrhyw angen am waith caled. Ar gyfer bywyd o'r fath, mae'r sawl y byddem ni yn eu galw'n wan yr un mor alluog â'r cryf; yn wir, nid ydynt yn wan bellach. Mewn gwirionedd, maent yn *fwy* galluog, oherwydd byddai nerth y cryfion yn rhwystr na fyddai ffordd iddynt allu'i ddihysbyddu. Ffrwyth nerthoedd olaf y ddynoliaeth cyn ymgartrefu yn hedd perffaith ei hamgylchiadau presennol, mae'n debyg, fu harddwch eithriadol yr adeiladau a welais yno: blodeuo'r fuddugoliaeth honno a ddechreuodd yr heddwch mawr olaf. Hyn, erioed, fu ffawd nerth mewn diogelwch: mae'n troi at gelf, ac at y cnawdol, ac yn eu sgil daw diogi, a dirywiad.

"Byddai'r ysgogiad artistig hwn, hyd yn oed, yn marw yn y bôn—roedd hi bron iawn â marw erbyn yr Amser a welais i. Addurno ei gilydd â blodau, dawnsio, canu yn yr haul: y rhain yn unig oedd yn weddill o'r ysbryd creadigol. Yn y diwedd byddai hyd yn oed y rheiny yn pylu ac yn troi'n llesgedd bodlon. Poen ac angen yw'r cerrig hogi sy'n ein miniogi, ac yma roeddwn i wedi gweld y cerrig gwrthun hynny wedi'u torri o'r diwedd!

"Wrth sefyll yno yn y tywyllwch cynyddol, credwn fy mod i wedi meistroli problem y byd gyda'r esboniad syml hwn—a'm bod wedi darganfod dirgelwch y bobl hardd hyn. Efallai bod y cyfyngiadau a ddyluniwyd ganddynt i rwystro cynnydd eu poblogaeth wedi bod yn rhy lwyddiannus, a'u niferoedd felly wedi crebachu yn hytrach nac aros yn gyson. Byddai hynny'n esbonio'r adfeilion gweigion. Roedd fy namcaniaeth yn syml iawn, ac yn ddigon credadwy—fel sy'n gyffredin iawn mewn damcaniaethau sydd, maes o law, yn cael eu gwrthbrofi!

VII.
Ysgytwad Sydyn

"Wrth i mi eistedd yno'n synfyfyrio ynghylch buddugoliaeth y ddynoliaeth—buddugoliaeth rhy berffaith—cododd y lleuad lawn, yn felyn ac yn grwn, o ganol ffynnon o oleuni yn y gogledd-ddwyrain. Peidiodd y creaduriaid bach llachar eu symud o gwmpas islaw, hedfanodd dylluan ddistaw heibio, ac fe grynais yn oerfel y nos. Penderfynais y byddwn yn disgyn er mwyn cael hyd i rywle i gysgu.

"Chwiliais am yr adeilad oedd yn gyfarwydd i mi. Dilynais fy nhrywydd yn ôl â'm llygaid mor bell â cherflun y sffincs gwyn ar ei bedestal efydd, a dyfai'n fwyfwy llachar wrth i'r lleuad godi ac wrth i'r golau cynyddu. Gallwn weld y fedwen arian wrth ei ochr. Yno roedd y llwyni rhododendron dryslyd, yn ddu yn y gwyll, ac yno roedd y lawnt fach. Edrychais eto ar y lawnt. Daeth amheuaeth ryfedd i daflu cysgod dros fy hunanfoddhad. 'Nage,' meddwn innau'n gadarn, 'nid honno oedd y lawnt.'

"Ond honno oedd y lawnt. Oherwydd roedd wyneb gwyn y sffincs eiddil yn syllu drosto. Allwch chi ddychmygu sut deimlad y cefais wrth i mi sylweddoli hynny? Ond ni allwch. Roedd y Peiriant Amser wedi mynd!

"Fel petai rhywun wedi chwipio fy wyneb, meddyliais ar unwaith am y posibiliad y gallwn golli fy oes fy hun, a chael fy ngadael yn amddifad yn y byd newydd rhyfedd hwn. Roedd hyd yn oed meddwl am hynny'n brofiad corfforol. Gafaelodd yn fy ngwddf, gan rwystro fy anadl. Mewn chwinciad roeddwn i'n rhuthro ac yn llamu i lawr y llethr mewn ofn. Cwympais yn bendramwnwgl un tro, taro fy wyneb, a'i dorri; ond nid arhosais i rwystro'r gwaed, dim ond codi eto a dal i redeg, yr hylif cynnes yn llifo i lawr fy moch a'm gên. Dwedais i'm hunan o hyd: 'Dim ond ei symud ychydig ydyn nhw, ei wthio o'r neilltu dan y llwyni .' Rhedais serch hynny â'm ngwynt yn fy nwrn. Yr holl amser, gyda'r sicrwydd hynny sydd weithiau'n dod gydag ofn mawr, gwyddwn mai ffolineb oedd y fath gysuro. Gwyddwn, o reddf, bod y peiriant wedi'i symud allan o'm cyrraedd. Aeth anadlu'n boenus. Rhaid fy mod i wedi rhedeg yr holl bellter o gopa'r esgair i'r lawnt fach, rhyw ddwy filltir efallai, ymhen deg munud. Dydw i ddim yn ŵr ifanc. Wrth redeg roeddwn i'n rhegi o hyd, yn gwastraffu fy anadl ar felltithio ffolineb gadael y peiriant. Llefais yn uchel, ond ni ddaeth ateb. Roedd hi fel pe na bai'r un creadur yn symud dan olau lleuad y byd hwnnw.

"Wedi i mi gyrraedd y lawnt, gwireddwyd fy ofnau gwaethaf. Doedd dim arwydd ohono yn unman. Wrth syllu ar y gwagle yn nryswch du'r llwyni lle fu'r peiriant gynt, teimlais yn wan ac yn oer. Rhedais o gwmpas yn wyllt, fel petai'r peth wedi'i guddio mewn cornel, cyn aros wedyn â'm dwylo'n gafael yn fy ngwallt. Safai'r sffincs enfawr uwchben, ar ei bedestal efydd, yn wyn, llachar, ac afiach yng ngolau'r lleuad. Roedd fel petai'n gwenu'n watwar ar fy ngofid.

"Byddai wedi bod yn gysur pe bai modd i mi ddychmygu bod y bobl bach wedi rhoi'r peiriant i gadw mewn rhyw loches i mi. Fodd bynnag, roeddwn i'n rhy argyhoeddedig o'u diffygion corfforol a gwybyddol i feddwl hynny. Hynny, mewn gwirionedd, oedd prif achos fy ofn: y syniad bod yna ryw nerth annisgwyl yn y lle hwn, a'i fod wedi gwneud i fy nyfais ddiflannu. Ond roedd un peth yn gysur i mi: heblaw bod rhyw oes arall wedi cynhyrchu copi hollol unfath ohono, roedd hi'n amhosib bod y peiriant wedi symud mewn amser. A minnau wedi eu tynnu ymaith, byddai'r ffordd yr oedd y lifrau'n cysylltu iddo—dangosaf i chi wedyn—wedi rhwystro unrhyw un rhag amharu ar y peiriant o ran hynny. Roedd y peiriant wedi'i symud, a'i guddio, ond o ran ei leoliad mewn gofod yn unig. Ond ble, felly, oedd y peiriant?

"Fe es i'n hollol loerig, debyg. Cofiaf ruthro'n fyrbwyll yng ngolau'r lleuad, i mewn ac allan o'r llwyni, yr holl ffordd o gwmpas y sffincs, gan ddychryn rhyw anifail gwyllt— edrychai fel carw bach yn y golau gwan. Cofiaf, hefyd, yn hwyr y noson honno, guro'r llwyni â'm dwrn nes i mi dorri fy mysedd ar y brigau miniog, a'u gwneud yn waedlyd. Yna, dan grio a rhuo yn fy ngofid, es i draw i'r adeilad mawr hwnnw o garreg. Roedd y neuadd fawr yn dywyll, yn ddistaw, ac yn wag. Llithrais ar y llawr anwastad, a baglu dros un o'r byrddau malachit, a bu ond y dim i mi dorri fy nghrimog. Cyneuais fatsien, a mynd yn fy mlaen, heibio'r llenni llychlyd y soniais amdanynt o'r blaen.

"Des i o hyd i ail neuadd fawr yno, yn llawn clustogau, a rhyw ugain o'r bobl bach yn cysgu arnynt efallai. Does dim dwywaith gen i fod fy ymddangosiad sydyn o'r tywyllwch distaw, yn rhochio'n wyllt â fflam y fatsien yn tasgu, yn rhyfedd iawn iddynt. Roeddynt wedi anghofio am fatsys. 'Ble mae fy Mheiriant Amser?' gofynnais, yn crio fel plentyn dig a chydio ynddynt a'u hysgwyd yn ffyrnig. Rhaid ei bod hi'n brofiad rhyfedd iawn iddynt. Chwarddodd rhai, ond roedd ofn ar wynebau'r mwyafrif. O'u gweld yn sefyll o'm cwmpas, sylweddolais fy mod i'n gwneud y peth gwirionaf yr oedd modd ei wneud, dan yr amgylchiadau, sef ceisio atgyfodi ofn ynddynt. Wrth reswm, meddyliais wrth gofio eu hymddygiad yn ystod y dydd, rhaid eu bod wedi anghofio ofn.

"Ar fy union felly, taflais y fatsien ymaith a tharanu allan ar draws y neuadd fwyta fawr i olau'r lleuad drachefn, gan daro un ohonynt i'r llawr wrth i mi fynd. Clywais wylo ofnus a'u traed bychain yn rhedeg ac yn baglu yma a thraw. Dydw i ddim yn cofio popeth i mi ei wneud wrth i'r lleuad godi i'r awyr. Natur annisgwyl fy ngholled, debyg, oedd wedi fy ngwylltio. Roeddwn ar goll yn llwyr o'm pobl fy hun—anifail estron mewn byd rhyfedd. Rhaid fy mod i wedi gwylltio'n llwyr, gan sgrechio ac erfyn ar Dduw a Ffawd. Cofiaf flinder dychrynllyd, wrth i'r noson hir ofidus fynd heibio; cofiaf chwilio fan hyn a fan draw; ymbalfalu ymysg yr adfeilion dan olau'r lleuad a chyffwrdd â chreaduriaid rhyfedd yn y cysgodion; ac o'r diwedd, cofiaf orwedd ar y llawr yn agos i'r sffincs ac wylo heb obaith, gyda fy nicter a'm ffolineb yn disbyddu gyda'm nerth, a gadael dim ond tristwch ar ôl. Cysgais wedyn, a phen ddeffrais roedd hi'n hwyr y bore, ac ambell i aderyn y to'n sboncian o'm cwmpas ar y gwair, o fewn cyrraedd fy mraich.

"Eisteddais i fyny yn ffresni'r bore, gan geisio cofio sut y cyrhaeddais y man hwnnw, a pham oeddwn i'n teimlo mor ddiobaith ac ar goll. Daeth pethau'n eglur yn fy meddwl wedyn. Gyda golau plaen a rhesymol y dydd, gallwn wynebu fy amgylchiadau o'r newydd. Sylweddolais mor wirion fu gwylltineb y noson gynt, a dechreuais resymu â'm hunan. 'Beth yw'r gwaethaf?' gofynnais. 'Os yw'r peiriant wedi'i golli'n llwyr—ei ddinistrio efallai. Os felly, rhaid i mi beidio â chynhyrfu, a bod yn amyneddgar: dysgu am y bobl hyn, er mwyn cael syniad clir sut y bu i mi golli'r peiriant, a sut i gael deunyddiau ac offer; er mwyn i mi, yn y bôn, creu un o'r newydd, efallai.' Hynny fyddai fy unig obaith: un gwan efallai, ond yn well nag anobaith llwyr serch hynny. Ac, wedi'r cyfan, roedd hi'n fyd prydferth, a diddorol.

"Mwy na thebyg, fodd bynnag, dim ond wedi'i gipio oedd y peiriant. Rhaid oedd peidio cynhyrfu a bod yn amyneddgar serch hynny, cael hyd i'r man lle'i cuddiwyd, a'i adennill, naill ai drwy rym neu gyfrwyster. Ac ar hynny, codais ar fy nhraed ac edrych o'm cwmpas am rywle i gael ymolchi. Roeddwn i'n flinedig ac yn stiff, ac roedd fy nhaith wedi fy maeddu. Rhoddodd glendid y bore awydd i mi fod yr un mor lân fy hunan. Roedd fy emosiwn wedi disbyddu. Yn wir, wrth fynd ati, cefais fy hun yn synnu at fy myrbwylledd wyllt y noson gynt. Yn ofalus, archwiliais y ddaear o gwmpas y lawnt fach. Pan ddaethai'r bobl bach heibio, gwastraffais amser yn gofyn cwestiynau ofer iddynt—cystal ag yr oedd modd eu gofyn iddynt. Heb eithriad, nid oeddynt yn fy neall. Roedd rhai ohonynt yn ddigynnwrf, ond cymrodd eraill mai jôc oedd y cwbl, a dechrau chwerthin ar fy mhen. Y peth fwyaf anodd oedd gwrthsefyll yr ysfa i bwnio eu hwynebau hardd. Ysfa wirion oedd hi, ond anodd yw ffrwyno'r diafol a enir mewn ofn a dicter. Roedd yntau'n awyddus o hyd i fanteisio ar fy nryswch. Fodd bynnag, roedd cyngor y pridd yn well. Cefais hyd i rych ynddi, tua hanner ffordd rhwng pedestal y sffincs a'r marciau roedd fy nhraed wedi eu gadael wrth i mi wthio yn erbyn y peiriant er mwyn ei unioni, ar ôl cyrraedd. Roedd olion eraill fod rhywun wedi ei ddwyn ymaith, gan gynnwys ôl traed tenau, rhyfedd. Gallwn i ddychmygu eu bod wedi'u gwneud gan felarth. Arweiniodd y rhain fy sylw at y pedestal. Un efydd ydoedd, fel y soniais eisoes, rwy'n credu. O edrych yn agosach arno, sylweddolais nad bloc syml ydoedd, ond ei fod yn hytrach wedi'i addurno ar y naill ochr a'r llall â phaneli mewn fframiau dyfnion. Es i at un o'r rhain a tharo fy mys arno. Roedd yna wagle y tu mewn i'r pedestal. O edrych yn agosach ar y paneli, cefais hyd i fylchau tenau rhyngddynt â'r fframiau. Doedd dim handlenni na thyllau clo, ond digon posib bod y paneli'n agor o'r tu fewn: os drysau oeddynt, fel yr oeddwn i'n cymryd. Roedd un peth yn ddigon clir yn fy meddwl. Nid oedd angen meddwl yn hir cyn dod i'r casgliad bod fy Mheiriant Amser y tu fewn i'r pedestal. Ond pwy a ŵyr sut oedd wedi cyrraedd yno.

"Gwelais bennau dau berson yn gwisgo oren yn dod drwy'r llwyni tuag ataf dan flagur coed afal. Troes atynt a gwenu, ac erfyn arnynt i ddod draw. Daethant, ac wedyn, gan bwyntio ar y pedestal efydd, ceisiais fynegi fy nymuniad i'w agor. Ond, yn union wedi i mi ystumio tuag ato dechreuodd y ddau ymddwyn yn rhyfedd iawn. Wn i ddim sut i gyfleu eu hwynebau i chi. Pe baech chi, dywed, yn gwneud ystum hollol amhriodol yng ngolwg menyw bregus ei meddwl—yr un fyddai ei hymateb hi. Aethant ymaith, fel pe bawn i wedi'u tramgwyddo yn y ffordd waethaf posib. Rhoddais gynnig wedyn ar ddyn bach digon annwyl ei olwg mewn gwisg wen, ond yr un yn union oedd y canlyniad. Gwnaeth ei ymateb i mi deimlo cywilydd, rywsut. Serch hynny, fel y gwyddoch, roedd arnaf i eisiau'r Peiriant Amser, felly rhoddais gynnig arall arno. Pan drodd yntau ymaith hefyd, fel y gwnaeth y lleill, aeth fy nhymer yn drech na fi. Mewn tri cham roeddwn i ar ei ôl; gafaelais yn rhan lac ei fantell wrth ochr ei wddf a dechrau ei lusgo tua'r sffincs. Ond pan welais yr ofn a'r atgasedd ar ei wyneb, fe'i gollyngais ar unwaith.

"Ond doeddwn i ddim am roi'r gorau eto. Rhoddais ergyd i'r panel efydd gyda'm dwrn. Credwn i mi glywed rhywbeth yn symud ar y tu mewn—â bod yn gywir, roeddwn i'n credu i mi glywed rhywbeth yn debyg i chwerthin dirmygus—ond roeddwn i'n camgymryd, mae'n rhaid. Gafaelais wedyn mewn carreg fawr o'r afon a thrywanu'r panel nes difetha'r holl addurniadau a thaflu'r rhwd gwyrdd i bob cyfeiriad. Rhaid bod pob un o'r bobl bach fregus o fewn rhyw filltir wedi fy nghlywed yn taro'n wyllt, ond daeth i ddim byd. Sylwais ar dorf ohonynt yn fy ngwylio i'n llechwraidd o'r llethrau. O'r diwedd, yn boeth a blinedig, eisteddais i lawr i wylo. Ond roeddwn i'n rhy anniddig i wylo'n hir; rydw i'n ormod o Orllewinwr i wneud hynny. Gallaf weithio ar broblem am flynyddoedd, ond aros yn llonydd am bedwar awr ar hugain—mater gwahanol yw hynny.

"Ymhen hir neu hwyr codais ar fy nhraed a dechrau crwydro'n fympwyol drwy'r llwyni tua'r bryn unwaith eto. 'Amynedd,' dwedais i'm hunan. 'Os wyt ti eisiau dy beiriant yn ôl, rhaid i ti adael y sffincs hwnnw i fod. Os ydyn nhw eisiau mynd â dy beiriant yna da i ddim yw difetha eu paneli efydd, ac os nad ydynt, fe gei di ef yn ôl cyn gynted ag y mae modd i ti ofyn amdano. Ofer yw eistedd yno ar ganol yr holl bethau anhysbys hynny, gyda'r fath bos o dy flaen. Dyna'r trywydd gwallgofrwydd. Rhaid wynebu'r byd. Dysgu ei ffyrdd, ei wylio, a chymryd gofal i beidio â rhuthro'n rhy gyflym i gasgliadau o ran ei ystyr. Fe ddaw'r ateb i bopeth ymhen hir a hwyr.' Tarodd hiwmor y sefyllfa fy meddwl wedyn: yr holl flynyddoedd o waith ac ymchwil er mwyn cyrraedd oes y dyfodol, a minnau nawr yn gwneud fy ngorau glas i ddianc rhagddo! Ar ôl adeiladu'r fagl fwyaf cymhleth a diobaith a luniodd dyn erioed, roeddwn i wedi plannu fy hun ynddi. Er fy mod i ar fy mhen i fy hun, roedd yn rhaid i mi wneud: chwarddais yn uchel.

"O fynd eto drwy'r palas mawr, teimlwn fel pe bai'r bobl bach yn fy osgoi. Dim ond dychmygu hynny oeddwn i efallai, neu efallai roedd hi'n rhywbeth i'w wneud â tharo'r gatiau efydd. Beth bynnag oedd y rheswm, roeddwn i'n weddol sicr eu bod yn fy osgoi. Gofalais, serch hynny, i beidio dangos pryder, ac i beidio â rhedeg ar eu holau o gwbl; ymhen diwrnod neu ddau roedd pethau'n ôl fel o'r blaen. Gwnes i hynny o gynnydd ag y gallwn i yn eu hiaith, gan barhau hefyd i archwilio yma a thraw. Roeddwn i naill ai wedi methu rhyw bwynt cynnil neu roedd eu hiaith yn eithriadol o syml—berfau, enwau gwrthrychol, a dim llawer arall. Ychydig iawn, os o gwbl, oedd eu defnydd o dermau haniaethol neu iaith drosiadol. Rhai syml o ddau air yn unig oedd eu brawddegau fel arfer, a methais yn llwyr i gyfleu na deall dim heblaw'r datganiadau mwyaf sylfaenol. Penderfynais y byddwn yn rhoi pob meddwl am y Peiriant Amser ac am ddirgelwch y drysau efydd dan y sffincs o'r neilltu, cymaint ag yr oedd modd gwneud, nes i fy nealltwriaeth a'm gwybodaeth gynyddol fy arwain yn ôl atynt mewn ffordd naturiol. Serch hynny, roedd gen i ryw deimlad a'm cadwodd o fewn ychydig filltiroedd o'r man lle'r oeddwn i wedi cyrraedd.

VIII.
Esboniad

"Cyn belled ag y gallwn innau weld, roedd yr holl fyd yr un mor wyrdd a thoreithiog ag yr oedd dyffryn yr afon Tafwys. O gopa pob bryn i mi ei ddringo mi welais i'r un fintai o adeiladau mawr toreithiog yn dangos pob amrywiaeth o ran deunyddiau ac arddull, yr un llwyni bytholwyrdd, a'r un coed a rhedyn blodeuog. Yma a thraw disgleiriai dŵr fel arian, ac yn y pellter newidiodd y dirwedd yn fryniau mwyn cyn plethu â llonyddwch yr awyr. Un nodwedd neilltuol, yn mynnu fy sylw y tro hwn, oedd presenoldeb nifer o ffynhonnau crwn, llawer ohonynt yn ddwfn iawn o'u golwg. Roedd un ohonynt wrth ochr y llwybr yr oeddwn i wedi'i ddilyn i fyny'r bryn ar fy nhaith gerdded gyntaf. Yn yr un modd â'r lleill, roedd wedi'i hamgylchynu ag efydd o wneuthuriad rhyfedd, ac wedi'i hamddiffyn rhag y glaw gan gromen fach. O eistedd wrth ochr y ffynhonnau hyn a syllu i lawr i'r tywyllwch ni welais i'r un diferyn o ddŵr yn disgleirio, ac wedi cynnau matsien ni allwn i chwaith gael ei olau i adlewyrchu oddi ar ddim. Ond clywais sŵn o bob un ohonynt: bŵm—bŵm—bŵm, fel rhyw beiriant mawr yn curo; a sylwais, o'r ffordd y byddai fy matsis yn llosgi, bod yna lif cyson o awyr yn cael ei sugno i lawr ganddynt. Ymhellach i hyn, teflais ddarn bach o bapur i mewn i un ohonynt ac yn lle troelli'n araf cafodd ei sugno o'r golwg yn syth.

"Ymhen amser, hefyd, gwelais gysylltiad rhwng y ffynhonnau hyn â'r tyrrau uchel oedd yma a thraw ar y llethrau; oherwydd fe grynai'r awyr uwchben y rhain, fel ar draeth crasboeth ar ddiwrnod heulog. Gyda'i gilydd awgrymai'r rhain oll bod yno ryw system gwyntyllu enfawr o dan y ddaear, er ei bod hi'n anodd dychmygu beth fyddai swyddogaeth system o'r fath. Am y tro, cymerais mai rhan o system garffosiaeth y bobl hyn ydoedd. Casgliad digon rhesymol oedd hynny, ond yn hollol anghywir.

"Rhaid i mi gyfaddef fan hyn mai ychydig yn unig a ddysgais mewn gwirionedd am ddraeniau a chlychau a phibau a chyfleusterau felly yn ystod fy amser yno yn y dyfodol. Mewn rhai o'r gweledigaethau Iwtopaidd rwyf wedi'u darllen mae yna fanylion o bob math am adeiladau a threfniadau cymdeithasol ac ati. Ond er bod manylion o'r fath yn ddigon hawdd i'w casglu ynghyd pan fo'r byd i gyd yn rhan o'r dychymyg, maent yn gyfan gwbl annelwig i deithiwr go iawn yng nghanol y pethau go iawn hynny a welais yno. Ac yntau wedi ymweld â Llundain, dychmygwch pa hanesion fyddai dyn croenddu'n cymryd yn ôl i'w dylwyth yng Nghanolbarth Affrica! Beth mewn gwirionedd fyddai'n ei wybod am gwmnïau rheilffordd, mudiadau cymdeithasol, gwifrau teliffon a thelegraff, y Cwmni Dosbarthu Parseli, archebion post ac ati? Ac mi fyddwn ninnau, o leiaf, yn ddigon bodlon esbonio'r pethau hyn iddo! A hyd yn oed o'r hyn a wyddai ef, faint fyddai'n gallu cael ffrind iddo i ddeall, neu gredu, os nad oedd yntau wedi teithio yno hefyd? Meddyliwch wedyn mor fychan yw'r bwlch rhwng dyn du a dyn gwyn o'n hoes ni, ac mor enfawr yr oedd hi rhyngof innau a phobl yr Oes Aur hon! Roeddwn i'n ymwybodol bod llawer iawn yn mynd ymlaen nad oeddwn innau'n ei weld, ac oedd yn cyfrannu at fy ngwneud i'n gyfforddus; ond heblaw'r argraff gyffredinol bod hyn oll wedi'i drefnu'n awtomatig ychydig iawn y mae modd i mi ei gyfleu i chi.

"O ran claddedigaeth, er enghraifft, nid oedd unrhyw arwydd o amlosgfa nac o unrhyw beth yn ymdebygu i feddrod. Roedd hi'n bosib serch hynny bod yna fynwentydd (neu amlosgfeydd) yn rhywle'r tu hwnt i'r llefydd yr oeddwn i wedi'u harchwilio. Cwestiwn arall oedd hwn i mi ei ofyn i'm hunan yn fwriadol, ac un arall oedd yn drech na'm chwilfrydedd. Dryswch llwyr oedd y peth i mi, ond dryswch a'm harweiniodd at arsylwad arall oedd yn achos rhagor fyth o ddryswch: nid oedd yr un o'r bobl hyn yn hen neu'n fethedig.

"Rhaid cyfaddef felly na pharhaodd y bodlonrwydd a deimlais ynghylch fy namcaniaethau cyntaf—sef bod yma wareiddiad awtomatig a dynoliaeth segur—yn hir. Ond doedd gen i ddim damcaniaeth amgen. Fe egluraf fy nhrafferth. Lleoedd i fyw ynddynt yn unig oedd y plasau mawr yr oeddwn i wedi'u harchwilio: neuaddau bwyta mawr, a llefydd i gysgu. Ni chefais hyd i beirianwaith nac offer o unrhyw fath. Ond eto, fe wisgai'r bobl hyn ddillad cain, a rhaid eu bod yn eu hadnewyddu ar adegau; ac er bod eu sandalau'n ddiaddurn roedd eu gwaith metel yn weddol gymhleth. Rhaid bod y pethau hyn yn cael eu creu *rywsut*. Fodd bynnag, nid oedd cymaint â gweddillion tuedd creadigol i'w weld yn y bobl bach yma. Doed ddim siopau, gweithdai, a dim arwydd bod pethau'n cael eu mewnforio o rywle arall. Treulient eu holl amser yn chwarae'n fwyn, yn ymolchi yn yr afon, yn caru mewn ffyrdd digon chwareus, yn bwyta ffrwythau ac yn cysgu. Ni allwn weld beth oedd yn cynnal hyn.

"Eto, roedd y Peiriant Amser hefyd: roedd rhywbeth, pwy a ŵyr beth, wedi ei ddwyn i mewn i bedestal gwag y Sffincs Gwyn. *Pam?* Er fy mywyd, ni allwn ddychmygu. Y ffynhonnau heb ddŵr hefyd; y tyrrau â'r awyr yn crynu uwch eu pennau. Teimlwn fod yna rywbeth hanfodol bwysig yr oeddwn i wedi methu â'i weld. Teimlwn—sut mae esbonio'r peth? Petai chi'n cael hyd i arysgrif, gydag ambell frawddeg yma a thraw mewn Saesneg plaen o ansawdd da, ond rhannau eraill hefyd â'u geiriau a'u llythrennau hyd yn oed yn llwyr anghyfarwydd? Wel, ar drydydd diwrnod fy ymweliad yno, dyna sut olwg oedd ar fyd Wyth Dim Dau Saith Dim Un i minnau!

"Y diwrnod hwnnw, hefyd, mi wnes i ffrind, o fath. Drwy gyd-ddigwyddiad, wrth i mi wylio rhai o'r bobl bach yn ymolchi mewn rhan fas o'r afon, aeth coes un ohonynt yn gyff, ac fe ddechreuodd hi arnofio i lawr yr afon. Roedd y prif gerrynt braidd yn gyflym, ond heb fod yn rhy gryf i nofiwr gweddol. Cewch chi syniad pa mor ddiffygiol oedd y creaduriaid hyn, felly, o wybod na wnaeth yr un ohonynt unrhyw ymdrech o gwbl i achub y peth bach wrth iddi foddi o'u blaenau dan lefain yn wan. Pan sylweddolais hynny, tynnais amdanaf yn gyflym a cherdded i'r dŵr ychydig ymhellach i lawr yr afon, wedyn daliais y druan a'i thynnu'n ddiogel i'r lan. Wedi rhwbio'i choesau ychydig fe ddadebrodd yn ddigon buan, a chefais y boddhad o'i gweld yn iawn cyn i mi ei gadael. Mor isel oedd fy meddwl o'i phobl erbyn hynny nad oeddwn i'n disgwyl iddi fy niolch. Ond o ran hynny, roeddwn i'n anghywir.

"Roeddwn i wedi'i hachub hi yn y bore. Y prynhawn wedyn, cwrddais â'm merch fach—credaf, o leiaf, mai merch oedd hi—wrth ddychwelyd o daith gerdded, ac wedi fy ngweld rhoddodd gri o lawenydd i'm croeso, cyn cyflwyno coronbleth o flodau i mi—fe'i gwnaeth, mae'n debyg, i minnau, ac i minnau'n unig. Daliodd y peth fy nychymyg. Efallai roeddwn i wedi dechrau mynd yn unig, a cholli gobaith. Beth bynnag, gwnes i fy ngorau i ddangos fy mod i'n gwerthfawrogi'r rhodd. Cyn pen dim roedden ni'n eistedd gyda'n gilydd mewn deildy carreg, yn sgwrsio, drwy wenau gan fwyaf. Cafodd cyfeillgarwch y creadur yr un effaith arnaf â chyfeillgarwch plentyn, debyg. Cyfnewidiwyd blodau, a chusanodd hi fy nwylo. Gwnes i'r un fath i'w dwylo hi. Wedyn ceisiais i sgwrsio, a chael mai Wîna oedd ei henw: roedd hynny'n teimlo'n briodol rywsut, er nad oeddwn i'n gwybod beth oedd ei ystyr. Dechrau cyfeillgarwch rhyfedd oedd hynny a barodd am wythnos, gan orffen—fel y cewch chi weld!

"Roedd hi yn union fel plentyn. Roedd arni eisiau bod gyda fi bob amser. Fe geisiodd hi fy nilyn i bobman, ac ar fy nhaith nesaf allan roedd yn ddrwg iawn gen i ei blino gymaint a'i gadael, o'r diwedd, wedi llwyr ymlâdd, yn galw'n wylofus braidd ar fy ôl. Ond rhaid oedd meistroli problemau'r byd hwn. Nid oeddwn, meddwn wrthyf i fy hun, wedi dod i'r dyfodol er mwyn cynnal rhyw gyboli bychan. Ond mawr oedd ei phryder pan adewais i hi, ac roedd ei phrotestiadau wrth i ni wahanu'n orffwyll; credaf yr oedd ei haddoli, ar y cyfan, yn gymaint o drafferth i mi ag yr oedd hi o gysur. Mi oedd hi, serch hynny, yn gysur mawr i mi rywsut. Tybiaf mai dim ond rhyw hoffter plentynnaidd a wnaeth iddi gydio ynof gymaint. Dim ond pan aeth hi'n rhy hwyr y sylweddolais i'n iawn beth oeddwn i wedi'i wneud iddi, wrth ei gadael. Dim ond yn rhy hwyr hefyd y deallais innau'n glir beth oedd ei gwerth hi i mi. A hithau, yn ôl pob tebyg, yn fy hoffi, ac yn dangos yn ei ffordd wan ac ofer ei bod hi'n poeni amdanaf, rhoddodd y ddoli fach honno i mi ryw deimlad o ddychwelyd adref wrth i mi ddod yn ôl at ardal y sffincs gwyn. Bob tro i mi ddychwelyd eto dros y bryn byddwn yn edrych allan am ei ffigwr bach gwyn ac aur.

"Dysgais ganddi hefyd nad oedd ofn wedi gadael y byd wedi'r cyfan. Roedd hi'n ddigon dewr yng ngolau'r dydd, ac roedd ganddi hyder rhyfedd ynof i: dim ond chwerthin ar fy mhen gwnaeth wedi i mi wgu'n fygythiol arni un tro mewn rhyw bwl annoeth. Ond roedd hi'n ofni'r tywyllwch, cysgodion, a phethau du. Iddi hi, tywyllwch oedd yr un peth oedd i'w ofni. Roedd yn emosiwn yn neilltuol o gryf ynddi, a gwnaeth hynny i mi ddechrau meddwl, ac arsylwi. Darganfues wedyn, ymysg pethau eraill, bod y bobl bach yn ymgasglu yn y tai mawr wedi iddi nosi, ac yn cysgu gyda'i gilydd mewn mintai fawr. Byddai tarfu arnynt heb olau yn eu troi'n gynnwrf aniddig o bryder amlwg. Ni chefais hyd i un ohonynt erioed yn yr awyr agored wedi iddi nosi, neu'n cysgu ar ei ben ei hunan. Ond mor fyrbwyll a thwp oeddwn i fel i mi fethu gwers eu hofn yn llwyr, ac er gwaethaf pryder Wîna, mynnais gysgu ar wahân i'r lluoedd mawr cwsg.

"Er bod hynny'n achos pryder mawr iddi, yn y diwedd ei serch rhyfedd tuag ataf i oedd yn fuddugol, ac am bum noswaith ein cyfeillgarwch, gan gynnwys yr olaf, cysgodd â'm braich innau'n glustog. Ond mae fy hanes yn rhedeg o'm blaen wrth i mi son amdani. Y noson cyn i mi ei hachub hi yr oedd hi, mae'n rhaid, pan ddeffrais tua'r wawr. Roeddwn i wedi bod yn cysgu'n aniddig, ar ganol breuddwyd annifyr fy mod i wedi boddi a bod anemonïau môr yn cyffwrdd â'm hwyneb gyda'u bysedd meddal. Deffrais yn sydyn, a chefais ryw hanner meddwl bod yna greadur llwyd newydd ruthro o'r siambr. Rhoddais ymdrech i fynd yn ôl i gysgu, ond roeddwn i'n aniddig ac anghyfforddus. Yr awr lwyd, welw honno oedd hi pan fo pethau'n dechrau llithro o'r tywyllwch, a phan mae popeth yn ddi-liw ac yn glir, ond eto'n afreal rywsut. Codais, a mynd allan i'r neuadd fawr, ac felly i'r slabiau mawr o flaen y palas. Meddyliais taw'r peth gorau fyddai i mi wneud y gorau ohoni, a mynd i weld yr haul yn codi.

"Roedd y lleuad ar fynd, ei golau gwan olaf yn cymysgu â golau cyntaf y wawr i greu llwydnos ysbrydaidd. Roedd y llwyni'n inc-ddu, y ddaear yn llwyd prudd, yr awyr yn ddi-liw ac yn ddi-lawenydd. Ac, i fyny ar lethrau'r bryn, gwelais ysbrydion. Deirgwaith, wrth graffu ar y llethr o bell, gwelais ffurfiau gwyn. Ddwywaith, credais i mi weld creadur yn debyg i epa gwyn yn rhedeg braidd yn gyflym i fyny'r llethr ar ei ben ei hun; ac unwaith gwelais bâr ohonynt yn agos i'r adfeilion, yn cludo rhyw gorff tywyll rhyngddynt. Roeddynt yn symud ar frys. Ni welais i ble'r aethant. Roedd hi fel petai eu bod wedi diflannu i'r llwyni. Rhaid i chi ddeall ei bod hi'n anodd gweld a'r wawr yn aneglur o hyd. Cefais y teimlad oer, ansicr, boreol hynny a fydd yn gyfarwydd i chi, efallai. Roeddwn i'n amau fy llygaid.

"Wrth i awyr y dwyrain fynd yn fwy llachar, ac i olau'r dydd ddychwelyd â lliwiau i'r byd, craffais yn ofalus ar y llethr. Ond welais ddim byd o'r ffurfiau gwyn. Creaduriaid y llwydnos oeddynt. 'Rhaid mai ysbrydion oeddynt,' meddwn i; 'Pryd oeddynt yn fyw tybed?' Oherwydd daeth meddwl i'm pen o eiddo Grant Allen, a gwneud i mi chwerthin. Os ydy pob cenhedlaeth yn marw ac yn gadael ysbrydion, meddai ef, yn y bôn, byddai'r byd yn orlawn ohonynt. O gofio hynny, erbyn rhyw Wyth Can Mil o flynyddoedd byddant yn aneirif, a pheth digon cyffredin fyddai gweld pedwar ohonynt ar yr un pryd. Ond nid oedd hwyl ar gellwair felly, a llenwyd fy meddwl gan y ffurfiau gwynion drwy'r bore nes i achub Wîna eu gyrru o'm pen. Roeddwn i'n eu cysylltu mewn rhyw ffordd aneglur â'r anifail gwyn yr oeddwn i wedi'i ddychryn y tro cyntaf i mi chwilio'n wyllt am y Peiriant Amser. Ond roedd Wîna'n beth brafiach i ddal fy sylw. Serch hynny, byddant yn dychwelyd cyn bo hir i ailfeddiannu fy meddwl, yn llawnach y tro hwn, ac yn beryglus o ddifrifol.

"Credaf i mi sôn eisoes gymaint yn fwy cynnes na'n byd ni oedd tywydd yr Oes Aur hon. Ni allaf esbonio pam. Efallai bod yr haul yn boethach, neu'r ddaear yn agosach i'r haul. Rydym fel arfer yn cymryd y bydd yr haul yn parhau i oeri'n raddol yn y dyfodol. Ond os nad ydy damcaniaethau megis rhai Darwin pan oedd yn ifanc yn gyfarwydd iddynt, mae pobl yn anghofio bod yn rhaid i'r planedau, yn y bôn, gwympo'n ôl fesul un i'w rhiant. Wrth i'r trychinebau hyn ddigwydd bydd yr haul yn tywynnu'n fwy llachar byth; ac efallai bod rhyw blaned fewnol wedi dioddef y ffawd anffodus hon. Beth bynnag oedd y rheswm, y ffaith oedd bod yr haul yn boethach o lawer nag sy'n gyfarwydd i ni.

"Wel, un bore poeth iawn—fy mhedwerydd, rwy'n credu—digwyddodd rhywbeth rhyfedd. Roeddwn i wrthi'n chwilio am gysgod rhag y gwres a'r golau mewn adfail enfawr, heb fod yn bell o'r tŷ mawr hwnnw lle'r oeddwn i'n cysgu ac yn bwyta. O gerdded ymhlith y twmpathau mawr o gerrig, cefais hyd i fath o galeri cul, â cherrig aneirif wedi gorchuddio'r ffenestri yn y pen ac ar ei ochrau. O'i gymharu â'r golau llachar y tu allan, edrychai'n gyfan gwbl dywyll i mi. Rhaid oedd ymbalfalu am y ffordd wrth fynd i mewn, oherwydd roedd y newid sydyn o oleuni i dywyllwch wedi gwneud i'r lliwiau ddawnsio o flaen fy llygaid. Arhosais yn sydyn, fel pe bai rhywun wedi fy swyno. Roedd pâr o lygaid yn fy ngwylio o'r tywyllwch, yn disgleirio wrth adlewyrchu golau'r dydd y tu allan.

"Daeth hen ofn greddfol bwystfilod gwyllt drosof. Gwasgais fy nyrnau ac edrychais i'r llygaid yn benderfynol. Roedd arnaf ofn troi. Meddyliais wedyn am y sicrwydd llwyr fod y ddynoliaeth yn ei fwynhau, yn ôl y golwg. A chofiais wedyn am yr ofn rhyfedd o'r tywyllwch. Gan drechu fy ofn fy hun, camais yn fy mlaen, a chyfarch y creadur. Rhaid cyfaddef nad oedd gen i lawer o reolaeth ar fy llais. Estynnais fy llaw, a chyffwrdd â rhywbeth meddal. Trodd y llygaid ar unwaith, a rhuthrodd rhywbeth gwyn heibio. Ar bigau'r drain, troais a gweld epa-ddyn bach rhyfedd yn dal ei ben i lawr mewn ffordd ryfedd wrth redeg yng ngolau'r haul y tu ôl i mi. Trawodd yn drwsgl yn erbyn bloc o wenithfaen ac ysgwyd am eiliad, cyn diflannu i gysgod du o dan bentwr arall o adfeilion.

"Bu'n anodd cael golwg iawn arno, wrth gwrs; ond roeddwn i'n gwybod ei fod yn wyn llwydaidd ei liw a bod ganddo lygaid mawr llwyd-goch; a bod ganddo hefyd wallt golau ar ei ben a'i gefn. Fel y soniais, fodd bynnag, aeth heibio'n rhy gyflym i mi gael golwg clir. Nid wyf yn sicr hyd yn oed a oedd yn rhedeg ar ei bedwar, neu ddim ond yn dal ei freichiau'n isel iawn. Ar ôl eiliad, fe'i dilynais ef i'r ail bentwr o adfeilion. Ni ches i hyd iddo ar y cychwyn; ond wedi rhywfaint o amser yn y tywyllwch des i o hyd i un o'r agoriadau hynny, y ffynhonnau y soniais amdanynt wrthych chi o'r blaen. Roedd hen biler wedi cwympo a'i hanner orchuddio. Daeth meddwl sydyn i'm pen. Oedd hi'n bosib bod y Creadur wedi diflannu i lawr y siafft? Cyneuais fatsien, ac, o edrych i lawr, gwelais greadur bach gwyn yn symud, yn ildio, ond â'i lygaid mawr llachar yn syllu yn ôl arnaf o hyd. Crynais. Roedd fel math o gorryn-ddyn! Rodd yn disgyn waliau'r siafft, a gwelais am y tro cyntaf bod yna nifer o handlenni bach yn ffurfio math o ysgol yn disgyn y siafft. Llosgodd y fatsien fy mysedd wedyn a chwympo o'm llaw, a diffodd, ac erbyn i mi gynnau un arall roedd yr anghenfil bach wedi diflannu.

"Dydw i ddim yn gwybod am ba hyd yr arhosais yno'n syllu i'r ffynnon. Roedd hi'n amser hir cyn i mi argyhoeddi fy hun mai dyn oedd y peth yr oeddwn i wedi'i weld. Ond yn araf, gwawriodd y gwirionedd arnaf: nid oedd y Ddynoliaeth wedi aros yn un rhywogaeth, ond yn hytrach wedi gwahanu'n ddau anifail gwahanol. Nid plant hardd y Ddaear Uwchben oedd unig ddisgynyddion ein cenhedlaeth ni: ein hetifedd hefyd oedd y *peth* gwyn anllad o'r nos yr oeddwn i wedi'i weld.

"Meddyliais am y pileri awyr ac am fy namcaniaeth am wyntyllu tanddaearol. Dechreuais amgyffred eu gwir bwrpas. A beth, tybed, oedd swyddogaeth y Lemwr hwn yng nghynllun fy nhrefniadaeth gytbwys? Beth oedd ei berthynas ef â heddwch dioglyd bodau hardd yr Uwchfyd? A beth oedd wedi'i guddio ar waelod y siafft? Eisteddais ar ymyl y ffynnon yn ceisio fy argyhoeddi fy hun nad oedd angen ofni, beth bynnag oedd yr atebion, ac y byddai'n rhaid disgyn er mwyn eu cael. A serch hynny roedd gen i ofn mynd! Ac wrth i mi oedi ymddangosodd dau o bobl hardd yr uwchfyd, yn rhedeg o olau'r dydd i'r cysgod ar ganol rhyw gêm gariadus. Dilynai'r gŵr y ferch, yn taflu blodau ati wrth iddo redeg.

"Roedd cael hyd i mi yno, yn syllu i'r ffynnon gyda fy mraich yn erbyn y piler disgynedig, yn eu poeni, yn amlwg. Debyg eu bod yn ei hystyried yn amhriodol ac yn anghwrtais iawn i drafod yr agoriadau hyn; oherwydd wedi i mi bwyntio ato a cheisio gofyn cwestiwn amdano yn eu hiaith aethant i bryder amlwg iawn, a throi ymaith. Ond roedd fy matsis yn ddiddorol iddynt, a chyneuais rai ohonynt i'w difyrru. Ceisiais ofyn am y ffynnon eto, a methu eto. Fe'u cedwais wedyn, â'r bwriad o ddychwelyd at Wîna er mwyn gweld beth oedd modd ei chael ganddi. Ond roedd chwyldro eisoes ar droed yn fy meddwl: roedd fy nyfaliadau a'm tybiadau'n llithro ac yn symud i ffitio strwythurau newydd. Dyma awgrym clir o ystyr y ffynhonnau hyn, y tyrrau gwyntyllu, dirgelwch yr ysbrydion; heb sôn am led-awgrym at ystyr y gatiau efydd ac am hynt y Peiriant Amser! A daeth awgrym hefyd, er mor ansicr, i esbonio'r broblem economaidd oedd wedi fy nrysu.

"Dyma oedd fy namcaniaeth newydd. Un danddaearol oedd yr ail rywogaeth Ddynol hon, yn amlwg. Tri pheth yn arbennig oedd wedi gwneud i mi feddwl bod ei ymddangosiad uwchben y ddaear yn rhywbeth anghyffredin a'i bod yn bodoli o dan y ddaear gan fwyaf. Y cyntaf oedd yr olwg welw hynny sy'n gyffredin i'r rhan fwyaf o anifeiliaid sy'n trigo mewn tywyllwch gan fwyaf— pysgod gwynion ogofeydd Kentucky, er enghraifft. Wedyn, roedd y llygaid mawr hynny, gyda'u gallu i adlewyrchu'r golau: nodwedd gyffredin arall mewn creaduriaid nosol— ystyriwch y dylluan a'r gath. Yn olaf, roedd y dryswch amlwg hynny yng ngolau'r haul, yr ymbalfalu trwsgl, brysiog at dywyllwch y cysgodion, a'r dull neilltuol o ddal y pen yng ngolau'r dydd—roedd y rhain oll yn cefnogi damcaniaeth yn seiliedig ar retina hynod sensitif.

"Rhaid bod yna nifer fawr o dwneli yn y ddaear o dan fy nhraed, felly, a bod y twneli hyn yn gartref i'r Hil Newydd. Roedd presenoldeb y siafftau gwyntyllu a'r ffynhonnau ar lethrau'r bryniau—ymhobman, a dweud y gwir, oni bai am waelod dyffryn yr afon—yn dystiolaeth o ba mor estynedig oeddynt. Doedd dim byd mwy naturiol, felly, na chymryd mai yn yr Is-fyd artiffisial hwn yr oedd yr holl waith hynny'n digwydd oedd yn angenrheidiol er mwyn cynnal bywydau moethus hil y golau. Roedd y syniad mor gredadwy fel i mi ei dderbyn ar unwaith, a mynd yn fy mlaen wedyn i ystyried *sut* y gallai'r ddynoliaeth wedi rhannu fel hyn. Mae'n debyg y bydd modd i chi ddyfalu beth oedd amlinell fy namcaniaeth; yn fuan iawn, fodd bynnag, dechreuais deimlo nad oedd hi'n dod yn agos at y gwir cyflawn.

"Yn y dechrau, gan gofio problemau ein hoes ni ein hunain, edrychai'n hollol amlwg i mi mai wrth wraidd popeth oedd lledaeniad araf yn y gwahaniaethau presennol hynny (nad ydynt ond yn gymdeithasol a dros dro, ar hyn o bryd) rhwng y Cyfalafwr a'r Gweithiwr. Mae'n debyg y bydd naws digon aflednais i hynny yn eich tyb chi—heb sôn am hollol anghredadwy!—ond serch hynny, hyd yn oed heddiw mae yna dueddiadau sy'n awgrymu'r un cyfeiriad. Rydym yn tueddu i ddefnyddio lle o dan y ddaear at weithgareddau llai hardd ein gwareiddiad: y Rheilffordd Fetropolitanaidd yn Llundain, er enghraifft, ac mae yna reilffyrdd trydanol newydd; mae yna lwybrau troed, gweithdai a bwytai tanddaearol, ac mae eu niferoedd yn cynyddu o hyd. Roedd y tueddiad hwn, meddyliais, wedi mynd rhagddo hyd nes i ddiwydiant ddiflannu'n llwyr o fro ei mebyd yng ngolau'r haul. Roedd hi wedi mynd yn ddyfnach ac yn ddyfnach i mewn i ffatrïoedd tanddaearol mwy, gan dreulio mwy a mwy o'i hamser yno, hyd nes, yn y diwedd—! Hyd yn oed heddiw, onid yw gweithiwyr dwyrain Llundain yn byw mewn amgylchedd mor artiffisial nes eu bod bron wedi'u heithrio'n llwyr rhag arwyneb y ddaear?

"Ar yr un pryd, mae tueddiad pobl fwy cyfoethog i gau eraill allan—oherwydd, debyg, rhinwedd cynyddol eu haddysg, a'r bwlch sy'n tyfu rhyngddynt â thrais cyntefig y tlodion—eisoes yn arwain at gau rhannau sylweddol o wyneb y Ddaear, at ddefnydd y cyfoethog yn unig. O gwmpas Llundain, er enghraifft, mae rhyw hanner efallai o'r cefn gwlad harddaf wedi'i gau. A bydd yr un bwlch cynyddol—sy'n bodoli oherwydd hyd a chost y broses addysg uwch, a themtasiwn cynyddol y cyfoethog at arferion mwyfwy coeth a chwaethus, a'u mynediad at gyfleusterau—yn golygu bod y cyfnewid presennol sy'n digwydd rhwng y dosbarthiadau yn mynd yn fwy prin: y dyrchafu, drwy briodas, sydd ar hyn o bryd yn rhwystro'n cymdeithas rhag gwahanu'n llwyr ar hyd llinellau cymdeithasol. Yn y diwedd, felly, uwchben y ddaear bydd y Sawl sydd Ganddynt yn dilyn hynt pleser a harddwch a choethder, ac o dan y ddaear y Sawl sydd Heb yn addasu'n barhaus i amgylchedd eu gwaith. Wedi iddynt gyrraedd, yn ddiau bydd yn rhaid iddynt dalu rhent, ac nid ychydig o ohono, er mwyn gwyntyllu eu hogofeydd; a phe baent yn gwrthod gwneud ac yn mynd i ddyledion byddant yn llwgu neu'n tagu. Marw fyddai ffawd y rheiny oedd â'u natur yn eu gwneud yn drist neu'r wrthryfelgar dan y fath amgylchiadau; ac yn y diwedd byddai'r goroeswyr, ar ôl cyrraedd cydbwysedd parhaol, yn addasu i amgylchedd newydd eu bywydau tanddaearol, ac yn byw'r un mor hapus â thrigolion yr Uwchfyd, yn eu ffordd eu hunain. Hyd y gwelwn i, roedd yr harddwch cain a'r gwelwder nychlyd ill dau'n dilyn yn ddigon naturiol.

"Dechreuodd fy syniadau ynghylch Buddugoliaeth Fawr y Ddynoliaeth, fel yr oeddwn wedi meddwl amdani hyd hynny, newid. Nid buddugoliaeth addysg foesol a chydweithio cyffredinol fuodd hi, fel yr oeddwn i wedi dychmygu. Yn hytrach, dyma aristocratiaeth go iawn, â gwyddoniaeth berffaith yn arf iddi, yn gweithio system ddiwydiannol ein hoes ni i'w diweddbwynt rhesymegol. Nid dim ond buddugoliaeth dros Natur fuodd hi, ond dros eu cyd-ddyn hefyd. Rhaid i mi bwysleisio mai hyn oedd fy namcaniaeth ar y pryd. Doedd dim arweinyddiaeth gyfleus ar gael i mi ym mhatrymau'r llyfrau Iwtopaidd. Efallai bod fy esboniad yn hollol anghywir. Credaf o hyd serch hynny taw'r ddamcaniaeth hon yw'r un fwyaf tebyg. Ond hyd yn oed o gymryd ei bod hi'n gywir, roedd hi'n amlwg bod uchafbwynt eu gwareiddiad cytbwys ymhell yn y gorffennol erbyn hynny, a'u bod bellach wedi dirywio'n sylweddol. Roedd diogelwch rhy-berffaith dynion yr Uwchfyd wedi'u harwain at ddirywiad araf, o ran maint, cryfder, a deallusrwydd. Roedd hynny eisoes yn ddigon clir i mi. Nid oeddwn i'n sicr eto beth oedd wedi digwydd i drigolion yr Is-fyd; fodd bynnag, o'r hyn yr oeddwn i wedi ei weld o'r Morlogod—hynny, gyda llaw, oedd yr enw a roddwyd ar y creaduriaid hynny—hawdd oedd dychmygu eu bod wedi symud ymhellach fyth o ddynion heddiw na'r Eloi, yr hil hardd oedd eisoes yn gyfarwydd i mi.

"Daeth meddyliau anghyfforddus wedyn. Pam bod y Morlogod wedi cymryd fy Mheiriant Amser? Oherwydd nhw a'i cymerodd, roeddwn i'n sicr o hynny. Os taw'r Eloi oedd y meistri, pam nad oedd modd iddynt ddychwelyd y peiriant i mi? A pham oeddynt yn ofni'r tywyllwch gymaint? Fel y soniais eisoes, rhoddais gryn ymdrech i gwestiynu Wîna am yr Is-fyd hwn, ond cefais fy siomi. Nid oedd hi'n fy neall ar y cychwyn, ac wedyn gwrthododd ateb o gwbl. Crynodd, fel petai'r pwnc yn un na allai ei ddioddef. A phan wthiais i hi ymhellach, ychydig yn rhy arw efallai, dechreuodd grio. Y rheiny oedd yr unig ddagrau i mi eu gweld yn yr Oes Aur hynny, heblaw fy rhai i fy hun. Wedi eu gweld, anghofiais bopeth am y Morlogod yn syth, a phopeth arall hefyd heblaw gwaredu'r arwyddion hynny o'i hetifeddiaeth ddynol o lygaid Wîna. Ac yn fuan iawn roeddwn i'n llosgi matsien, ac roedd hithau'n gwenu ac yn curo'i dwylo.

IX.
Y Morlogod

"Byddwch chi'n ei hystyried hi'n rhyfedd efallai, ond aeth deuddydd heibio cyn i mi allu ymchwilio fy narganfyddiad newydd ymhellach yn y dull a oedd, yn amlwg, yn fwyaf priodol. Ond roeddwn i'n teimlo awydd rhyfedd i osgoi'r creaduriaid gwelwon. Roeddynt yr un lliw llwydaidd â phryfed genwair, neu'r pethau hynny sydd wedi'u cadw mewn alcohol mewn amgueddfa sŵolegol. Ac roedd rhyw naws fudr i deimlad eu croen oeraidd. Mwy na thebyg, dylanwad teimladau'r Eloi oedd wrth wraidd fy ymateb i'r Morlogod. Roeddwn i'n dechrau deall eu ffieidd-dod yn eu cylch.

"Cysgais i'n wael y noson honno. Roeddwn i'n teimlo ychydig yn sâl, efallai. Roedd dryswch ac amheuaeth yn fy mhoenydio. Unwaith neu ddwywaith teimlais ofn mawr yn sydyn, nad oedd iddi unrhyw reswm amlwg, hyd y gwelwn i. Rwy'n cofio cropian yn ddistaw i'r neuadd fawr lle roedd y bobl bach yn cysgu yng ngolau'r lleuad—roedd Wîna yn eu plith y noson honno—a chael bod eu presenoldeb yn gysur i mi. Hyd yn oed wedyn, sylweddolais y byddai'r lleuad yn symud drwy ei chwarter olaf ymhen ychydig ddyddiau, a byddai'r nosweithiau'n mynd yn dywyllach. Gall hyn olygu y byddwn i'n gweld rhagor o'r creaduriaid aflednais hynny o'r is-fyd, y Lemwriaid gwynion, y gwehilion newydd. Ac wrth i'r deuddydd hynny fynd yn eu blaenau, cefais y teimlad aniddig hwnnw fy mod i'n hosgoi rhyw ddyletswydd y byddai'n rhaid ei gwblhau'n hwyr neu'n hwyrach. Teimlais yn sicr na fyddwn i'n adennill y Peiriant Amser heb ymchwilio i wreiddiau tanddearol y dirgelwch newydd hwn. Serch hynny, ni allwn ei wynebu.

Pe bai ond cyfaill gen i, byddai pethau wedi bod yn wahanol. Ond roeddwn i ar fy mhen fy hun, ac roedd hi'n wrthun gen i gymaint â dychmygu dringo i lawr i dywyllwch y ffynnon. Dydw i ddim yn gwybod os byddwch chi'n fy neall, ond roedd gen i deimlad o hyd nad oeddwn i'n hollol ddiogel.

"Yr anniddigrwydd hwn efallai, y diffyg sicrwydd, a'm gyrrodd i grwydro'n bellach a phellach i ffwrdd. Wrth fynd tua'r de-orllewin a'r tir uchel sy'n dwyn yr enw Combe Wood heddiw a syllu i gyfeiriad Banstead yn y bedwaredd ganrif ar bymtheg, gwelais strwythur gwyrdd enfawr o bell, yn wahanol o ran cymeriad i unrhyw adeilad i mi ei weld cyn hynny. Roedd yr adeilad hwn yn fwy eto na'r palas, na'r adfail fwyaf oedd yn gyfarwydd i mi, ac roedd rhyw olwg Ddwyreiniol i'w ffasâd: roedd iddo loywder, a'r lliw gwyrdd hynny, math o wyrddlas, sydd gan rai mathau o borslen Tsieineaidd. Roedd y gwahaniaeth hwn o ran ymddangosiad yn awgrymu swyddogaeth wahanol, ac roedd arnaf eisiau mynd yn fy mlaen a'i archwilio ymhellach. Ond roedd hi'n mynd yn hwyr, ac roeddwn i'n gweld y lle ar ôl taith hir, flinedig eisoes; felly penderfynais ohirio'r antur honno hyd y diwrnod canlynol a dychwelyd i groeso a mwythau Wîna fach. Ond erbyn y bore roedd hi'n ddigon amlwg bod fy chwilfrydedd ynghylch Palas y Porslen Gwyrdd yn fath o hunan-dwyll er mwyn fy ngalluogi i osgoi, am ddiwrnod eto, yr hyn yr oeddwn i'n arswydo rhagddo. Penderfynais ar unwaith felly y byddwn i'n dechrau arni heb wastraffu rhagor o amser, ac fe gychwynnais yn gynnar yn y bore i gyfeiriad un o'r ffynhonnau oedd gerllaw'r adfeilion gwenithfaen ac alwminiwm.

"Rhedai Wîna fach wrth fy ochr. Dawnsiodd wrth fy ochr mor bell ag ochr y ffynnon, ond pan welodd fi'n pwyso drosti ac edrych i lawr, edrychai'n ddryslyd. 'Hwyl fawr, Wîna fach,' meddwn i, a'i chusanu; ac wedi ei rhoi i lawr, rhoddais fy llaw ar ochr y ffynnon er mwyn cael hyd i'r bachau dringo. Roeddwn i'n rhuthro braidd, rhaid cyfaddef, gan fy mod i yn ofni y byddwn yn colli pob hyder unwaith eto! Gwyliodd Wîna mewn syndod i ddechrau. Wedyn rhoddodd lef druenus, rhedeg ataf a dechrau fy nhynnu gyda'i dwylo bach. Dim ond fy ngwneud i'n fwy penderfynol gwnaeth hynny, fodd bynnag. Ysgydwais i hi ymaith, braidd yn arw efallai, ac mewn eiliad roeddwn i yng ngwddf y ffynnon. Gwelais y poen ar ei hwyneb uwchben ochr y ffynnon, a gwenais arni er mwyn ei chysuro. Wedyn rhaid oedd edrych i lawr er mwyn gweld y bachau ansicr yr oeddwn i'n gafael ynddynt.

"Rhaid oedd dringo i lawr siafft o ryw ddau gan droedfedd. Roedd cyfres o fariau metelaidd yn estyn o ochrau'r ffynnon er mwyn gwneud hynny, a gan fod y rhain wedi'u bwriadu at ddibenion creadur llai ac ysgafnach o lawer na minnau roeddwn i'n stiff a blinedig ymhen ychydig. Ac nid hynny oedd y peth gwaethaf! Cymaint oedd fy mhwysau fel i un o'r bariau blygu'n sydyn, gan bron a'm taflu i lawr i'r tywyllwch islaw. Daliais ymlaen gydag un llaw am eiliad, ac wedi hynny nid oeddwn i'n meiddio gorffwys eto. Aeth fy mreichiau a'm cefn yn boenus iawn, ond roeddwn i'n benderfynol o ddisgyn mor gyflym â phosib. O syllu i fyny gwelais yr agoriad, disg bach glas â seren ynddo, a phen Wîna fach yn gylch du ar ei ochr. Gallwn glywed sŵn peiriant mawr yn dyrnu islaw, yn mynd yn fwyfwy uchel a thrwm o hyd. Roedd popeth heblaw'r disg bach hwnnw uwchben yn hollol dywyll, a phan edrychais i fyny eto roedd Wîna wedi diflannu.

"Erbyn hynny roeddwn i mewn cryn dipyn o boen. Ystyriais geisio dringo'r siafft drachefn, a gadael yr Is-fyd i fod. Ond hyd yn oed wrth i mi ystyried hyn roeddwn i'n dal i ddisgyn. O'r diwedd, gyda rhyddhad mawr, gwelais dwll tenau yn y wal yn agosáu, rhyw droedfedd i'r dde.

Estynnais ato a gweld mai agoriad twnnel cul, gwastad ydoedd â digon o le i mi orwedd i lawr a gorffwyso. Ni ddaeth hi un eiliad yn rhy fuan. Roedd fy mreichiau'n brifo'n enbyd, fy nghefn yn gyff, ac roeddwn i'n crynu o hyd gydag ofn cwympo. Yn ogystal, roedd y tywyllwch llethol wedi effeithio ar fy llygaid. Roedd sŵn curo a mwmian y peiriannau oedd yn gwthio'r aer drwy'r siafft bellach yn llenwi fy nghlustiau.

"Dydw i ddim yn siŵr am ba hyd y gorweddais i yno. Deffrais pan deimlais law meddal yn cyffwrdd â'm hwyneb. Neidiais i fyny yn y tywyllwch ac ymbalfalu am fy matsis ac, wedi cynnau un ar frys, gwelais dri creadur gwyn plygedig yn rhuthro i fwrdd rhag y golau. Roeddynt yn debyg i'r un a welais yn yr adfail uwchben y ddaear. A hwythau'n byw o'r golwg mewn tywyllwch llwyr, roedd eu llygaid yn anarferol o fawr a sensitif, yr un fath â llygaid pysgod y dyfnderoedd, ac yn adlewyrchu'r golau yn yr un ffordd. Rydw i'n sicr yr oedd modd iddynt fy ngweld i yno yn y tywyllwch di-olau, ac ni roesant unrhyw arwydd eu bod yn fy ofni—oni bai am fy ngolau. Cyn gynted ag yr oeddwn i wedi cynnau matsien er mwyn eu gweld, aethent ymaith ar unwaith, gan ddiflannu'n drwsgl i guddio mewn cwteri a thwneli tywyll—ond roeddwn i'n eu gweld o hyd, yn syllu'n rhyfedd arnaf.

"Gwnes i ymdrech i'w cyfarch, ond roedd eu hiaith, mae'n debyg, yn wahanol i iaith trigolion yr Uwchfyd, ac roedd rhaid i mi wneud fy ymdrechion digymorth fy hunan i gyfathrebu. Hyd yn oed wedyn roedd yr awydd i adael yn gryfach na'r awydd i ymchwilio ymhellach. Ond meddwn i'm hunan, 'Rwyt ti yma am y tro,' a, gan deimlo fy ffordd ar hyd y twnnel, clywais sŵn y peiriannau'n cynyddu. Ymhen ychydig daeth y waliau i ben ac roeddwn i mewn lle mawr agored, ac wedi i mi gynnau matsien arall gwelais fy mod i wedi cyrraedd siambr fwaog enfawr yn ymestyn i'r tywyllwch y tu hwnt i gyrraedd fy ngolau. Gwelais hynny ohoni ag yr oedd modd ei weld gyda matsien, a dim mwy.

"Mae fy atgofion yn ddigon aneglur, felly. Roedd ffurfiau enfawr fel peiriannau mawr yn codi o'r tywyllwch, gan daflu cysgodion erchyll du i'r Morlogod gwelw gael guddio ynddynt, megis ysbrydion. Roedd y lle'n eithriadol o fyglyd, gyda llaw, ac roedd arogl gwaed newydd ei golli yn yr awyr. Ychydig bellter i ffwrdd yng nghanol y siambr roedd yna fwrdd bach o fetel gwyn, â phryd o fwyd arno, mae'n debyg. Heb os, roedd y Morlogod yn gigysol! Rwy'n cofio ceisio dychmygu, hyd yn oed wedyn, o ba anifail mawr tybed yr oedd y talp coch o gig a welais yno wedi dod. Roedd popeth yn aneglur iawn: yr oglau cryf, y siapau mawr diystyr, y creaduriaid anllad yn y cysgodion yn aros i'r tywyllwch ddychwelyd er mwyn cael dod ataf unwaith eto! Llosgodd y fatsien i lawr, gan bigo fy mysedd a chwympo i'r llawr yn smotyn coch yn y düwch.

"Byth ers hynny rydw i wedi synnu pa mor wael yr oeddwn i wedi paratoi am brofiad o'r fath. Wrth gychwyn yn y Peiriant Amser roeddwn i wedi ei chymryd yn ganiataol (rhagdybiaeth abswrd, gwelaf hynny bellach) y byddai dyfeisiau dynion y Dyfodol ymhell o flaen ein rhai ni. Roeddwn i wedi dod heb arf, heb feddyginiaethau, heb ddim byd i'w ysmygu—roeddwn i'n gweld eisiau tybaco gymaint!—a heb ddigon o fatsys hyd yn oed. Pe bawn i ond wedi meddwl am fynd â Kodak! Gallwn wedi tynnu llun o'r cipolwg hwnnw a gefais ar yr Is-fyd mewn amrantiad, a'i archwilio'n fanwl nes ymlaen. Ond, fel yr oedd hi, roeddwn i'n sefyll yno â dim byd heblaw hynny o arfau a phwerau a gefais gan Natur: dwylo, traed, a dannedd; y rhain, a'r pedwar matsien olaf oedd gen i ar ôl.

"Roedd gen i ofn ceisio gwthio fy ffordd drwy'r holl beiriannau hyn yn y tywyllwch, a dim ond gyda'r olwg ddiwethaf yn y golau yr oeddwn i wedi sylweddoli cyn lleied o fatsys oedd gen i ar ôl. Nid oeddwn i wedi meddwl cyn hynny fod yna unrhyw reswm dros eu cadw wrth gefn, ac roeddwn i wedi gwastraffu tua hanner y blwch yn diddanu trigolion yr Uwchfyd: roedd tân yn beth hollol newydd iddynt. Bellach, fel y soniais, dim ond pedwar oedd ar ôl, ac wrth i mi sefyll yno yn y tywyllwch, cyffyrddodd llaw arall yn fy llaw i, daeth bysedd main i deimlo fy wyneb, a llenwodd fy nhrwyn ag oglau rhyfedd, ffiaidd. Roeddwn i'n credu i mi glywed torf o'r bodau bach erchyll hynny o'm cwmpas. Teimlais rywbeth yn ceisio tynnu'r blwch matsis o fy llaw yn ofalus, a dwylo eraill y tu ôl i mi yn gafael yn fy nillad. Amhosib yw disgrifio mor erchyll oedd teimlo'r creaduriaid anweledig hyn yn fy archwilio a'm byseddu. Sylweddolais yn sydyn pa mor gyfan gwbl anwybodus oeddwn i amdanynt, ac am eu ffyrdd o feddwl ac o wneud. Bloeddiais arnynt, mor uchel ag y gallwn. Cododd hyn fraw arnynt a'u gyrru yn ôl am eiliad, ond wedyn fe'u teimlais yn agosáu drachefn. Dechreuon nhw afael yn ddewrach ynof, gan sibrwd synau rhyfedd o hyd. Dechreuais grynu, wedyn ysgwyd yn galed, a bloeddio eto—yn afreolus braidd. Cafodd hynny lawer llai o effaith y tro hwn, ac wrth ddod yn eu blaenau dechreuodd rai ohonynt wneud sŵn chwerthin rhyfedd. Rhaid cyfaddef, roedd gen i ofn mawr bellach. Penderfynais gynnau matsien arall a dianc gyda'i olau'n amddiffynfa. Gwnes i hynny, a, gan estyn bywyd y fflam fach gyda thamaid o bapur o'm poced, dihengais yn gyflym i gyfeiriad y twnel cul. Ond yn syth wedi i mi ei gyrraedd fe ddiffoddwyd fy ngolau gan yr aer oedd yn dod ohono, ac yn y düwch gallwn glywed y Morlogod yn siffrwd fel dail mewn gwynt, â'u traed yn pitian-patian fel y glaw wrth iddynt brysuro ar fy ôl.

"Cyn pen dim roedd nifer o ddwylo'n gafael ynof i unwaith eto ac, yn ddi-os, yn ceisio fy nhynnu'n ôl. Cyneuais olau arall, a'i chwifio yn eu hwynebau syfrdan.

Prin y gallwch chi ddychmygu mor gyfoglyd o annynol oeddynt yn sefyll yno'n syllu yn eu dryswch dall: eu hwynebau gwelw, di-ên, a'u llygaid mawr pinc-llwyd, heb amrantau! Ond coeliwch chi fi, nid oeddwn i am aros i edrych arnynt: i ffwrdd â mi eto, ac wedi i'm hail fatsien ddiffodd, cyneuais drydydd. Roedd hwnnw bron â llosgi'n llwyr erbyn i mi gyrraedd yr agoriad yn y siafft. Gorweddais i lawr ar yr ymyl, oherwydd roedd dyrnu'r pwmp mawr islaw'n gwneud i fy mhen droi. Ymbalfalais ar gyfer y bachau ar yr ochr, ac wrth i mi wneud hynny, gafaelwyd yn fy nhraed o'r tu ôl, a ches i fy nhynnu'n ddidrugaredd tuag yn ôl. Cyneuais fy matsien olaf.... dim ond iddo ddiffodd yn y dryswch! Ond roedd fy llaw ar y bariau dringo bellach, a gan gicio'n galed, tynnais fy hun o afael y Morlogod, gan eu gadael yno'n syllu ac amrantu arnaf: heblaw am un cnaf bach a'm dilynodd am gryn bellter. Bu bron iddo lwyddo i gipio fy esgid yn wobr.

"Roedd y dringo'n teimlo'n ddiddiwedd. O fewn yr ugain neu ddeg ar hugain troedfedd olaf daeth cyfog sydyn arnaf. Anodd iawn oedd dal fy ngafael. Roedd yr ychydig lathenni olaf yn frwydr erchyll yn erbyn y gwendid hwn. Roedd fy mhen yn troi o hyd, a minnau'n teimlo fy mod i'n cwympo. O'r diwedd, fodd bynnag, dringais allan o geg y ffynnon rywsut, a baglu allan o dan gysgod yr adfail i'r heulwen lachar. Cwympais i'r llawr ar fy hyd. Roedd arogl melys i'r pridd, glân hyd yn oed. Cofiaf wedyn Wîna'n cusanu fy nwylo a'm clustiau, a lleisiau eraill ymhlith yr Eloi. Wedi hynny roeddwn i'n anymwybodol am gyfnod.

X.
Pan Ddaeth y Nos

"Roedd fy sefyllfa bellach yn teimlo'n waeth nag erioed. Hyd yn hyn, heblaw'r noson druenus honno'n dilyn colli'r Peiriant Amser, roedd y gobaith y byddwn i'n dianc yn y pendraw wedi fy nghynnal. Fodd bynnag, roedd y darganfyddiadau newydd hyn yn ergyd drom i'r gobaith hwnnw. Cyn nawr roeddwn i wedi cymryd taw'r unig rwystrau oedd symlwch plentynnaidd y bobl fach a rhyw nerthoedd anhysbys y byddwn yn eu goresgyn yn ddigon hawdd yn y pendraw, dim ond o'u deall. Roedd agwedd cyfoglyd y Morlogod wedi cyflwyno elfen hollol newydd, fodd bynnag—rhywbeth annynol a maleisus. Roeddwn i'n eu casáu, wrth reddf. Cyn hynny roeddwn i wedi teimlo fel dyn oedd wedi cwympo i dwll: y twll ei hun oedd y broblem, a sut i'w dianc. Ond nawr roeddwn i'n teimlo fel bwystfil wedi'i ddal mewn magl, â'i elyn yn prysuro i'w ddal.

"Ond mi fyddwch chi'n synnu efallai, o wybod pa elyn roeddwn i'n ei ofni: sef tywyllwch y lleuad newydd. Wîna oedd wedi plannu'r hedyn hwn yn fy mhen drwy ryw sylwadau annirnadwy (ar y pryd) am y Nosweithiau Tywyll. Digon hawdd bellach oedd dyfalu beth oedd ystyr y Nosweithiau Tywyll. Roedd y lleuad ar gil: pob noson byddai cyfnod y tywyllwch ychydig yn hirach nag o'r blaen. Bellach, gallwn ddeall i ryw raddau'r rheswm pam fu gan bobl fach yr Uwchfyd gymaint o ofn y tywyllwch. Beth, tybed, oedd drygioni ysgeler y Morlogod dan leuadau newydd? Teimlwn yn eithaf sicr bellach nad oedd fy ail ddamcaniaeth am y byd hwn yn gywir. Uchelwyr ffortunus fu pobl yr Uwchfyd unwaith efallai, â'r Morlogod yn weision iddynt: ond os felly roedd y drefn honno wedi hen ddarfod. Roedd esblygiad y ddynoliaeth wedi esgor ar ddwy rywogaeth wahanol, ac roeddynt yn llithro tuag at berthynas newydd, neu eisoes wedi'i chyrraedd. Megis brenhinoedd y Carolingiaid gynt, roedd yr Eloi wedi dirywio hyd nes eu bod yn ddim ond oferedd hardd. Roedd arwyneb y ddaear yn eiddo iddynt o hyd, gan fod golau'r haul yn annioddefol i'r Morlogod wedi cenedlaethau aneirif dan y ddaear. Y Morlogod oedd gwneuthurwyr dillad yr Eloi hefyd, roeddwn i'n cymryd, a hwythau oedd yn eu cynnal o ran eu hanghenion cyffredin: dim ond, efallai, oherwydd bod yr hen arfer o'u gwasanaethu wedi goroesi. Gwnaethant hynny fel y mae ceffyl yn pystylu, neu fel mae dyn yn mwynhau hela a lladd anifeiliaid: oherwydd bod hen angenrheidiau coll wedi gadael eu marc ar natur y creaduriaid ei hunain. Ond roedd hi'n amlwg bod yr hen drefn wedi'i gwrthdroi, o leiaf yn rhannol. Roedd gelyn y rhai bregus bellach ar gynnydd. Oesoedd pell, miloedd o genedlaethau'n ôl, roedd dyn wedi gyrru ei gyd-ddyn o'r braster ac o'r heulwen. Ac roedd ei gyd-ddyn yn dychwelyd bellach—ond wedi newid! Eisoes roedd yr Eloi wedi dechrau ail-ddysgu un hen wers: roeddynt yn ail-gynefino ag Ofn. Ac wedyn meddyliais yn sydyn am y cig yr oeddwn i wedi'i weld yn yr Is-fyd. Rhyfedd sut y gwaeth hwnnw arnofio i'm meddwl yn sydyn: nid wedi'i ddwyn i gof gan gerrynt fy myfyrio, ond o bell, bron fel cwestiwn o'r tu allan. Ceisiais gofio pa siâp oedd iddo. Roedd gen i ryw synnwyr aneglur ei fod yn gyfarwydd rywsut, ond nid oeddwn i'n gallu dweud beth ydoedd ar y pryd.

"Ond serch hynny, waeth pa mor ddiymadferth oedd y bobl fach ym mhresenoldeb eu Hofn rhyfedd, roeddwn innau o natur wahanol. Fe ddes i o'n hoes ni, uchafbwynt iach yr hil ddynol, lle nad yw ofn yn parlysu a lle nad yw dirgelwch yn dychryn. Mi fyddwn innau, o leiaf, yn amddiffyn fy hun. Penderfynais y byddwn, heb oedi ymhellach, yn gwneud arfau i'm hunan a chadarnle i mi gael cysgu'n ddiogel. Gyda'r fath le'n gefn i mi, gallwn wynebu'r byd rhyfedd hwn â rhywfaint o'r hyder hynny roeddwn i wedi'i golli wrth sylweddoli pa greaduriaid yr oeddwn i wedi bod yn agored iddynt gyda'r nos. Teimlwn na fyddai modd i mi gysgu eto nes i mi ddiogelu fy ngwely rhagddynt. Crynais mewn ofn o feddwl eu bod eisoes wedi fy archwilio'n fanwl, debyg.

"Y prynhawn hwnnw crwydrais lannau'r afon Tafwys, ond ni chefais hyd i unman a fyddai'n gweddu, yn fy nhyb i. Byddai pob adeilad a choeden yn ddigon hawdd i'w gyrraedd gan ddringwyr medrus, ac awgrymai ffynhonnau'r Morlogod eu bod yn dalentog o ran hynny. Cofiais wedyn am binaclau tal Palas y Porslen Gwyrdd, a llyfnder gloyw ei waliau. Gyda'r hwyr felly, â Wîna'n eistedd ar fy ysgwyddau fel plentyn, dringais y bryniau i gyfeiriad y de-orllewin. Roeddwn i wedi dyfalu y byddai'r pellter yn rhyw saith neu wyth milltir, ond rhaid ei bod hi'n debycach i ddeunaw. Buodd hi'n brynhawn llaith y tro cyntaf i mi weld y lle, a dan amgylchiadau o'r fath gall fod pellterau'n gamarweiniol. Yn ogystal, roedd sawdl un o fy esgidiau'n rhydd, â hoelen yn gwthio'n araf drwy'r gwadn—hen esgidiau cyfforddus oeddynt fy mod i wedi arfer eu gwisgo adref—gan fy ngadael yn ddigon cloff. Roedd yr haul wedi hen fachlud pan welais y palas, wedi'i amlinellu'n ddu yn erbyn melyn gwelw'r awyr.

"Mawr fu llawenydd Wîna ar y dechrau wrth i mi ei chario hi, ond ar ôl ychydig gofynnodd i gael disgyn, a rhedeg wrth fy ochr, gan fynd yma a thraw i bigo blodau bob hyn a hyn, a'u rhoi yn fy mhocedi. Bu fy mhocedi'n achos cryn ddryswch i Wîna erioed, ond o'r diwedd roedd wedi dod i'r casgliad eu bod yn fath o lestri ecsentrig ar gyfer eu haddurno â blodau. Am hynny yr oedd hithau'n eu defnyddio, beth bynnag. Ac mae hynny'n fy atgoffa i! Wrth newid fy siaced yn gynharach cefais hyd..."

(Peidiodd yr Amser-Deithiwr am eiliad, estynnodd ei law i'w boced, ac yn ddistaw gosododd dau flodyn sych ar y bwrdd bach, nid annhebyg i hocys wen. Wedyn, aeth ymlaen gyda'i hanes.)

"Wrth i ddistawrwydd yr hwyr ymledu'n araf dros y byd, a ninnau'n parhau dros y grib i gyfeiriad Wimbledon, blinodd Wîna. Roedd arni eisiau dychwelyd i'r tŷ o garreg lwyd. Ond pwyntiais at binaclau pell Palas y Porslen Gwyrdd, gan geisio ei chael hi i ddeall ein bod ni'n mynd yno i chwilio am loches rhag ei Hofn. Wyddoch chi am y saib mawr hynny sy'n dod cyn iddi nosi? Mae hyd yn oed yr awel yn y coed yn peidio. I minnau, mae yna ryw naws *disgwyl* i'r llonyddwch hwyr hynny, bob tro. Roedd yr awyr yn glir, pell, a gwag heblaw ambell i linell wastad yng nghyffiniau'r machlud. Wel, y noswaith honno roedd fy ofn wedi lliwio'r disgwyl. Yn y llonyddwch tywyll hynny roedd fy synhwyrau fel petaent yn finiocach. Ces i'r syniad fy mod i'n gallu synhwyro'r gwacter yn y ddaear dan fy nhraed hyd yn oed; bod modd bron i mi weld y Morlogod yno'n mynd yn ôl ac ymlaen yn eu twmpath morgrug, yn aros am y tywyllwch. Dychmygais, yn fy nghyffro, y byddant yn ystyried fy nharfu ar eu nyth yn fath o ddatgan rhyfel. Pam, hefyd, oeddynt wedi cipio fy Mheiriant Amser?

"Ymlaen â ni felly yn y tawelwch, wrth i'r gwyll droi'n nos. Pylodd glas clir y pellter, ac ymddangosodd un seren ar ôl y llall. Aeth y ddaear yn aneglur a'r coed yn ddu. Tyfodd blinder Wîna, a'i hofn. Fe'i codais i hi yn fy mreichiau, a'i chysuro a'i mwytho. Wedyn, â'r tywyllwch yn mynd yn ddyfnach o hyd, rhoddodd ei breichiau am fy ngwddf, caeodd ei llygaid, a gwasgodd ei hwyneb yn dynn yn erbyn fy ysgwydd. Aethom felly i lawr llethr hir i gwm, ac yn y tywyllwch bu bron i mi gamu mewn afon fach. Cerddais drwyddi, a dechrau dringo ochr arall y cwm heibio nifer o dai cysglyd a cherflun—Ffawn, neu rywbeth felly, ond heb ben. Roedd acasias yno hefyd. Hyd hynny nid oeddwn i wedi gweld unrhyw awgrym o'r Morlogod, ond roedd hi'n gynnar o hyd, ac roedd yr oriau mwyaf tywyll i ddod eto, cyn i'r hen leuad godi.

"Gwelais goedwig drwchus yn ymestyn o grib y bryn nesaf, yn ddu ac yn llydan o'm blaenau. Oedais. Ni allwn weld ei diwedd, i'r dde neu'r chwith. Roeddwn i wedi blino—roedd fy nhraed, yn enwedig, yn brifo—a gan dynnu Wîna'n ofalus oddi ar fy ysgwydd, arhosais, ac eistedd i lawr ar y gwair. Nid oedd modd gweld Palas y Porslen Gwyrdd bellach, ac nid oeddwn i'n hollol sicr o'm cyfeiriad. Edrychais i drwch y coed, a dychmygu beth allai fod yn cuddio ynddynt. Ni fyddai modd gweld y sêr dan y canghennau trwchus. Hyd yn oed pe na bai unrhyw berygl arall—a doeddwn i ddim am i'm dychymyg ystyried y perygl hwnnw yn ormodol—byddai gwreiddiau i faglu drostynt, a boncyffion i daro yn eu herbyn. Roeddwn i'n flinedig iawn, hefyd, wedi holl gyffro'r dydd; felly penderfynais beidio â'i wynebu, ond yn hytrach treulio'r noswaith ar y llethr agored.

"Roedd Wîna, sylwais yn falch, yn cysgu'n drwm. Fe'i lapiais i hi yn ofalus yn fy siaced ac eisteddais i lawr wrth ei hochr i aros i'r lleuad godi. Roedd y llethr yn ddistaw ac yn wag, ond bob hyn a hyn symudai rhywbeth byw yn nüwch y coed. Roedd hi'n noson glir iawn, ac roedd y sêr yn disgleirio uwchben. Teimlais rywfaint o gysur o'u gweld yn pefrio'n gyfeillgar. Roedd y cytserau cyfarwydd wedi hen ddiflannu o'r awyr, fodd bynnag, wedi'u hen ad-drefnu gan y symud araf hynny nad oes modd ei gweld hyd yn oed dros gant o fywydau dynol. Ond roedd y Llwybr Llaethog yno o hyd, gallwn weld; yn rhuban carpiog o lwch y sêr. I'r de (hyd yr oeddwn i'n tybio) roedd yna seren goch lachar iawn oedd yn newydd i minnau; roedd hi'n fwy llachar hyd yn oed na'n Sirius gwyrdd ni. Ar ganol yr holl bwyntiau golau disglair roedd un blaned lachar yn disgleirio'n garedig a chyson, fel wyneb hen gyfaill.

"O edrych ar y sêr hyn teimlais yn sydyn mor fychan oedd fy mhroblemau i, a holl drafferthion bodau'r ddaear. Meddyliais am eu pellter annirnadwy, ac am dreigl araf eu symud anochel o'r gorffennol anhysbys i'r dyfodol anhysbys. Meddyliais am gylch mawr y cyfnewid rhwng pegynau'r Ddaear. Dim ond deugain gwaith oedd y cyfnewid hynny wedi digwydd dros yr holl flynyddoedd yr oeddwn i wedi'u croesi. Serch hynny roedd yr ychydig droadau hyn wedi ysgubo ymaith pob gweithgaredd, pob traddodiad, y trefniadau cymhleth, y gwledydd, ieithoedd, llenyddiaethau, dyheadau, a phob atgof am y ddynoliaeth, fel yr oeddwn innau wedi'u hadnabod o leiaf. Yn ei lle roedd y creaduriaid bregus hyn, oedd wedi anghofio llewych eu hetifeddiaeth yn llwyr, a'r *pethau* gwyn hynny yr oeddwn i'n eu hofni gymaint. Meddyliais wedyn am yr ofn mawr oedd gan y naill rywogaeth o'r llall, ac yn sydyn sylweddolais am y tro cyntaf beth oedd y cig yr oeddwn i wedi'i weld. Crynais. Roedd hi'n rhy erchyll! Edrychais ar Wîna fach yn cysgu wrth fy ochr, ei hwyneb bach gwyn fel seren yng ngolau'r sêr, a gwthio'r syniad o'm meddwl.

"Drwy'r noson hir honno ceisiais beidio meddwl am y Morlogod, a threuliais yr amser yn ceisio gweld a allwn i gael hyd i olion yr hen gytserau yn y dryswch newydd. Arhosodd yr awyr yn glir, heblaw ambell gwmwl myglyd. Debyg i mi bendwmpian sawl gwaith. Wedyn, â'm gwylnos yn parhau, ymddangosodd golau gwan yn awyr y dwyrain, fel adlewyrchiad rhyw dân di-liw, a chododd yr hen leuad yn denau ac yn welw. Ac yn fuan ar ei ôl fe'i goddiweddwyd a'i oresgyn gan y wawr, yn welw i ddechrau, ac yn binc a chynnes wedyn. Nid oedd yr un Morlog wedi ymosod arnom. A dweud y gwir, welais i ddim un ohonynt y noson honno. Ac yn hyder y diwrnod newydd bu bron i mi ddechrau teimlo bod fy ofn wedi bod yn afresymol. Sefais, a chael bod sawdl y troed fu yn yr esgid oedd wedi torri yn chwyddedig a phoenus; eisteddais unwaith eto, tynnu fy esgidiau, a'u taflu ymaith.

"Deffrais Wîna o'i chwsg, ac aethom i'r goedwig, oedd bellach yn wyrdd ac yn hardd yn hytrach na'n ddu ac arswydus. Cawsom hyd i frecwast o ffrwythau. Cyn hir deuthum ar draws Eloi eraill yn chwerthin ac yn dawnsio yn yr heulwen, fel pe na bai'r noson yn bodoli. Wedyn meddyliais unwaith eto am y cig yr oeddwn i wedi'i weld. Roeddwn i'n sicr beth ydoedd bellach, a thosturiais o waelod fy nghalon at y nant fach bitw olaf hon o lif fawr y ddyniolaeth. Yn ddiau, rhyw dro yng ngorffennol dirywiad y ddyniolaeth roedd bwyd y Morlogod wedi dechrau mynd yn brin. Llygod mawr ac ati fu eu cynhaliaeth, o bosib. Hyd yn oed heddiw mae dyn yn llai gwahaniaethol a chyfyng o ran ei fwyd nag y bu—yn sicr, llai felly nag unrhyw fwnci. Nid rhyw reddf ddofn yw ei ragfarn yn erbyn cig dynol. Ac felly roedd y rhain, meibion annynol dynion, wedi—! Ceisiais feddwl ar y peth ag ysbryd gwyddonol. Wedi'r cyfan, roeddynt yn llai dynol ac yn bellach ohonom ni na'r canibaliaid hynny sydd ymhlith ein cyndeidiau tair neu bedair mil o flynyddoedd yn ôl. Ac roedd y wybyddiaeth hynny a fyddai wedi gwneud y fath gyflwr yn wrthun iddynt wedi hen fynd. Pam ddylwn i boeni am y peth? Dim ond gwartheg oedd yr Eloi hyn, â'r Morlogod yn ddim ond morgrug yn eu cynnal a'u hysglyfaethu—a'u bridio, mwy na thebyg. A dyna Wîna wedyn, yn dawnsio wrth fy ochr!

"Rhoddais ymdrech wedyn i gadw'n hunan rhag erchylltra cynyddol y meddyliau hyn drwy ystyried y peth yn fath o gosb am hunanoldeb y ddyniolaeth. Roedd dynion wedi bod yn ddigon bodlon i fyw bywyd hawdd a phleserus ar draul eu cyd-ddyn, drwy wneud Angen yn arwyddair ac yn esgus; maes o law roedd cylch Angen wedi troi'n llawn. Gwnes i ymdrech hyd yn oed i ddirmygu'r aristocratiaeth druenus hon yn ei dirywiad, fel y byddai Carlyle[*] wedi'i wneud, hwyrach. Ond roedd hi'n amhosib meddwl felly. Waeth pa mor fawr fu eu dirywiad gwybyddol, roedd yr Eloi wedi cadw llawer gormod o'r ffurf ddynol i beidio â hawlio fy nghydymdeimlad, ac o ganlyniad, fy ngorfodi i rannu eu trueni a'u hofn.

"Ar yr adeg hynny dim ond syniadau digon aneglur fu gen i ynghylch pa drywydd i'w ddilyn. Fy mwriad cyntaf oedd cael hyd i ryw loches ddiogel a'i sicrhau, ac i wneud i'm hunan pa arfau bynnag ag y gallwn i o fetel neu garreg. Roedd angen gwneud hynny ar fyrder. Nesaf, roeddwn i'n gobeithio cael gafael ar ryw ffordd o wneud tân, er mwyn cael ffagl yn arf yn fy llaw, oherwydd roeddwn i'n sicr na fyddai dim byd yn well arf yn erbyn y Morlogod hyn. Fy mwriad wedyn oedd trefnu rhyw ffordd o dorri ac agor y drysau efydd o dan y Sffincs Gwyn. Roedd gen i ryw fath o hwrdd mewn meddwl. Wedi agor y drysau, roedd syniad gen i y byddwn i'n cludo golau mawr llachar o'm blaen, cael hyd i'r Peiriant Amser, a dianc. Nid allwn feddwl bod y Morlogod yn ddigon cryf i'w symud yn bell. Byddai Wîna, roeddwn i wedi penderfynu, yn dychwelyd gyda fi i'n hamser ni. A gyda chynlluniau o'r fath yn troi yn fy mhen, es i yn fy mlaen tua'r adeilad hwnnw yr oedd fy mympwy wedi'i ddewis yn lloches.

---

[*] Thomas Carlyle (1795-1881), hanesydd ac athronnydd o'r Alban.

XI.
Palas y Porslen Gwyrdd

"Wedi cyrraedd yno chanol dydd, doedd dim arwydd o neb ym Mhalas y Porslen Gwyrdd, oedd mewn cyflwr digon truenus. Dim ond rhywfaint o fân olion o wydr oedd ar ôl yn ei ffenestri, ac roedd darnau mawr o'r gorchudd gwyrdd wedi cwympo oddi ar ei fframwaith metal rhydlyd. Safai'r palas yn uchel iawn ar foel laswelltog, a chyn i mi fynd i mewn iddo edrychais i'r gogledd-ddwyrain a synnu o weld bod afon neu aber llydan hyd yn oed yn y man lle fu Wandsworth a Battersea gynt (neu felly roeddwn i'n credu). Tybed, meddyliais wedyn, beth allai fod wedi digwydd i bethau byw'r môr, neu a all fod yn dal i ddigwydd iddynt. Ni chefais gyfle i feddwl ymhellach ynghylch hynny fodd bynnag.

"O'i archwilio'n agosach, gwelais mai porslen yn wir oedd sylwedd y Palas, ac yn gorchuddio'i wyneb roedd arysgrifen mewn llythrennau anghyfarwydd. Meddyliais, yn wirion braidd, y gallai Wîna fy helpu i'w darllen efallai; ond y cwbl a ddysgais oedd nad oedd cymaint â chysyniad ysgrifennu wedi taro ar ei meddwl erioed. Roedd hi'n ymddangos yn fwy dynol i mi nag yr oedd hi mewn gwirionedd, debyg; oherwydd bod ei serch mor ddynol efallai.

"Roedd falfiau mawr y drws ar agor ac wedi torri, ac yn hytrach na'r neuadd arferol cawsom hyd i galeri hir y tu hwnt iddynt, wedi'i oleuo o'r ochrau gan nifer o ffenestri hirion. O'r cychwyn cyntaf, fe'm hatgoffodd o amgueddfa. Roedd llwch trwchus yn gorchuddio teils y llawr, ac roedd ystod hynod o eitemau amrywiol dan yr un gorchudd llwydaidd hefyd. Wedyn gwelais rywbeth oedd yn amlwg yn waelod sgerbwd enfawr yn sefyll yn gam ar ganol y neuadd,. O edrych ar ei draed lletraws, gallwn weld mai rhyw greadur wedi hen ddarfod ydoedd, rhywbeth yn debyg i'r Megatherium. Gorweddai'r penglog a'r esgyrn uwch gerllaw yn y llwch trwchus, a lle'r oedd y glaw wedi dod i mewn drwy dwll yn y to roedd wedi treulio'r peth i ddim byd. Ymhellach ar hyd y galeri roedd sgerbwd enfawr Brontosaurus casgennaid. Cadarnhawyd fy namcaniaeth mai amgueddfa oedd hon. O barhau tua'r ochr gwelais rywbeth yn ymdebygu i silffoedd, ac o glirio'r llwch trwchus cefais hyd i hen gasys gwydr cyfarwydd ein hoes ni. Fodd bynnag, roedd rhai o'u cynnwys wedi'i gadw mor dda fel ei bod yn rhaid mai casys aerdyn oeddynt.

"Roedden ni'n sefyll ymhlith adfeilion rhyw Kensington diweddar, yn amlwg! Hon, debyg, oedd yr Adran Baleontoleg, a rhaid y bu hi'n gasgliad ardderchog o ffosiliau ar un adeg. Roedd y casys wedi cadw'r broses bydru draw am gyfnod, ac yn sgil diflannu pob bacteria a ffwng roedd y broses honno wedi colli naw deg naw canfed o'i nerth; serch hynny roedd y trysorau'n dirywio, yn ddiau, er yn araf. Yma a thraw gwelais olion gwaith y bobl fach: ffosiliau prin wedi'u torri'n ddarnau mân, neu wedi'u plethu mewn rhesi ar edau o wair. Ac roedd rhai o'r casys yn amlwg wedi'u symud yn fwriadol—gan y Morlogod, tybiais. Roedd y lle'n ddistaw iawn. Roedd y llwch trwchus yn mygu sŵn ein traed. Chwaraeodd Wîna am gyfnod, gan ddefnyddio un o'r casys fel llethr a rholio môr-ddraenog ar ei lawr; ond wedyn daeth yn ddistaw bach i sefyll wrth fy ochr a gafael yn fy llaw wrth i mi syllu o'm cwmpas.

"Cymaint oedd fy syndod o gael hyd i'r hen gofeb hon i gyfnod gwybyddol, fel na feddyliais o gwbl am ei goblygiadau ar y dechrau. Anghofiais am y Peiriant Amser hyd yn oed, am gyfnod.

"O ystyried maint y lle, rhaid bod yna lawer mwy nac adran baleontoleg yn unig yn y Palas Porslen Gwyrdd hwn. Efallai bod yna adrannau hanesyddol, neu lyfrgell hyd yn oed! Byddai'r rheiny'n llawer mwy diddorol i minnau na'r arddangosfa bydredig hon o hen greigiau, ar yr adeg honno o leiaf. Drwy ymchwilio ymhellach cefais hyd i galeri bach arall yn croesi'r cyntaf. Mineralau oedd tesun hwn, debyg, a phan welais ddarn o sylffwr dechreuais feddwl am bowdr gwn. Ond doedd dim solpitar i'w weld; a dweud y gwir doedd dim nitradau o unrhyw fath. Debyg eu bod i gyd wedi hen ymdoddi a diflannu. Serch hynny arhosodd y sylffwr yn fy meddwl, gan arwain fy meddyliau ar drywydd newydd. Nid oedd gen i lawer o ddiddordeb yng ngweddill y galeri hwnnw, er ei fod wedi cadw'n well na'r gweddill a welais y diwrnod hwnnw. Nid oes gen i unrhyw arbenigedd mewn mwynyddiaeth, felly es i yn hytrach i mewn i goridor adfeiliedig iawn oedd yn baralel i'r neuadd gyntaf. Byd natur a bywyd gwyllt oedd testun yr adran hon, debyg, ond roedd popeth wedi hen dadfeilio. Olion crychedig du o bethau a fu unwaith yn anifeiliaid wedi'u stwffio efallai, samplau sychedig mewn jariau fu unwaith yn llawn alcohol, a llwch brown fu unwaith yn blanhigion: dyna'r cwbl! Roedd hynny'n drueni, oherwydd byddwn i wedi mwynhau gallu olrhain sut y goresgynnwyd natur drwy fân addasiadau amyneddgar. Deuthum wedyn at galeri hollol anferthol o ran maint, ond braidd yn dywyll. Llethr araf oedd y llawr, yn mynd tuag i lawr o'r pen lle des i mewn i'r ystafell. Roedd cyfres o globau gwynion yn hongian o'r nenfwd—nifer ohonynt wedi'u torri neu'u chwalu'n llwyr—awgrym bod y lle wedi'i oleuo'n artiffisial yn wreiddiol. Teimlais yn fwy cartrefol yma, oherwydd i'r naill ochr a'r llall roedd ffurfiau cawraidd nifer o beiriannau mawr, pob un wedi'i rhydu'n sylweddol a nifer ohonynt wedi cwympo i ddarnau, ond ambell un i'w weld yn gyflawn o hyd. Fel y gwyddoch, peth anodd i mi yw gwrthsefyll pethau mecanyddol, ac roedd arnaf eisiau aros i archwilio'r rhain, yn bennaf oherwydd eu bod yn bosau i mi: gallwn ond dyfalu beth oedd eu pwrpas. Pe bawn i ond yn gallu datrys eu cyfrinachau, meddyliais, gallwn ennill pwerau a allai fod o ddefnydd yn erbyn y Morlogod.

"Yn sydyn, daeth Wîna i lynu'n agos iawn at fy ochr. Ymddangosodd mor sydyn fel iddi godi braw arnaf. Pe na bai amdani hi, credaf na fyddwn i wedi sylweddoli bod y llethr yn mynd tuag i lawr[*]. [Ôl-nodyn: Mae'n bosib, wrth gwrs, nad llethr oedd y llawr o gwbl, ond bod yr adeilad yn hytrach wedi'i adeiladu i mewn i ochr bryn.—GOL.] Lle'r oeddwn i wedi dod i mewn roedd y galeri uwchben y ddaear, ac wedi'i oleuo gan ffenestri tenau. Wrth gerdded ar ei hyd, roedd y ddaear wedi codi o flaen y ffenestri hyn nes bod dim ond rhuban o olau i'w weld bellach yn rhan uchaf pob ffenest, uwchben math o bydew—nid annhebyg i'r hyn a geir weithiau o flaen tai yn Llundain. Roeddwn i wedi mynd yn fy mlaen yn araf wrth archwilio'r peiriannau, ac wedi bod yn craffu'n rhy galed arnynt i sylweddoli bod y golau'n araf bylu nes i bryder cynyddol Wîna ddenu fy sylw. Sylwais wedyn fod pen arall y galeri mewn tywyllwch llwyr. Oedais, ac wedyn, wrth edrych o'm cwmpas, gwelais fod arwyneb y llwch yn llai cyson, a bod yna lai ohono. Draw i gyfeiriad y tywyllwch roedd nifer o olion traed bach tenau i'w gweld ynddo. O weld y rheiny cofiais eto mor agos oedd y Morlogod o hyd. Gwastraff amser oedd fy niddordeb academaidd yn y peiriannau hyn. Sylweddolais wedyn ei bod hi eisoes yn hwyr yn y prynhawn, a'm bod yn dal i fod heb arf, heb loches, a heb unrhyw ffordd o wneud tân. Ac wedyn, o dywyllwch pell y galeri clywais pitran-patran

---

[*] Mae'n bosib, wrth gwrs, nad llethr oedd y llawr o gwbl, ond bod yr adeilad yn hytrach wedi'i adeiladu i mewn i ochr bryn.—GOL.
[Mae'r troednodyn hwn yn y testun gwreiddiol – Cyf.]

cyfarwydd, a'r un synau rhyfedd hynny yr oeddwn i wedi'u clywed yn dod o'r ffynnon.

"Gafaelais yn llaw Wîna. Daeth syniad ataf yn sydyn wedyn, ac fe'i gadewais i droi at beiriant a chanddo lifer mawr nid anhebyg i'r rhai a geir mewn bocs signalau ar y rheilffordd. Gan ddringo ar ben y llwyfan a gafael yn y lifer yn fy nwylo, tynnais arni i'r ochr â'm holl bwysau. A minnau wedi ei gadael ar ei phen ei hun, dechreuodd Wîna grio. Roeddwn i wedi amcangyfrif yn eithaf cywir pa mor gryf oedd y lifer, oherwydd ar ôl i mi ei wthio am ryw funud torrodd ymaith. Dychwelais at Wîna felly â phastwn yn fy llaw a fyddai, meddyliais, yn drech na phenglog unrhyw Forlog. Roedd arnaf eisiau lladd Morlog neu ddau, yn arw iawn. Mae'n debyg y byddwch chi'n ei hystyried hi'n annynol iawn i ddymuno lladd eich disgynyddion! Ond roedd hi'n amhosib gweld dynoliaeth o unrhyw fath yn y creaduriaid hynny. Roeddwn i eisiau mynd i ben arall y galeri ar unwaith a dechrau lladd y bwystfilod yr oeddwn i'n eu clywed ar unwaith: dim ond fy amharodrwydd i adael Wîna a'm rhwystrodd, a'r syniad y gallai fy Mheiriant Amser gael ei difrodi pe bawn i'n dechrau diwallu fy awydd i ladd.

"A'm pastwn mewn un llaw a Wîna yn y llall felly, gadewais i'r galeri am un arall mwy eto oedd yn fy atgoffa o gapel milwrol ar yr olwg gyntaf, a'i lond o faneri carpiog. Ar ochrau'r galeri roedd rhyw weddillion brown a du carpiog: gweddillion pydredig llyfrau, sylweddolais. Roeddynt wedi hen ddatgymalu ac roedd pob arwydd o brint ysgrifenedig wedi hen ddiflannu ohonynt. Ond roedd yna fyrddau plygedig a chlaspiau metal wedi torri yma a thraw, eu tarddiad yn ddigon clir. Pe bawn i'n ŵr llenyddol byddwn, efallai, wedi mynd i feddwl am oferedd pob uchelgais. Ond, fel yr oedd hi, yr hyn a'm trawodd fwyaf oedd y gwastraff llafur yr oedd dryswch trist y papur pydredig yn dyst iddo. Roeddwn, rhaid cyfaddef yn meddwl yn bennaf am y *Trafodaethau Athronyddol* ar y pryd, ac am fy saith papur ar hugain ar opteg ffisegol.

"Wedyn, wedi dringo set o risiau llydan, daethom at ardal a fu unwaith yn arddangosfa cemeg ymarferol, bosib. Roeddwn i'n mawr obeithio cael hyd i bethau defnyddiol yma. Heblaw yn un pen lle'r oedd y to wedi dymchwel, roedd y galeri hwn mewn cyflwr da. Es i'n awyddus at bob cas nad oedd wedi'i dorri. Ac o'r diwedd, mewn un ohonynt nad oedd wedi gollwng aer, cefais hyd i focs matsis. Yn ofalus iawn, rhoddais gynnig ar un ohonynt. Roeddynt yn gweithio'n berffaith iawn. Doedden nhw ddim hyd yn oed yn llaith. Troais at Wîna. 'Dawnsia,' galwais arni, yn ei hiaith hi. Arf go iawn oedd hwn yn erbyn y creaduriaid erchyll yr oeddem ni'n eu hofni gymaint. Yno yn yr amgueddfa adfeiliedig felly, ar garped trwchus meddal y llwch, â golwg difrifol iawn ac er mawr lawenydd i Wîna dawnsiais fath o ddawns gymysg gan chwibanu hen alaw Albanaidd mor llawen ag y gallwn. Roedd hi'n gyfuniad o fath o *gan-can* parchus, dawns wledig, dawns sgert (cyn belled ag yr oedd fy nghôt gynffon yn caniatáu hynny) a rhyw ddawns wneud bersonol. Rydw i'n ddyfeisgar wrth reddf, fel y gwyddoch.

"Credaf o hyd mai peth hynod iawn oedd y ffaith i'r blwch matsis hwn oroesi treigl y blynyddoedd aneirif, a pheth ffortunus iawn i minnau hefyd. Serch hynny, yn ddigon rhyfedd cefais hyd i sylwedd llai tebygol fyth, sef camffor. Cefais hyd iddo mewn jar gaeedig a oedd, debyg, wedi'i chau'n gyfan gwbl aerglos. Meddyliais i ddechrau mai cwyr paraffin oedd hi, a chwalais y jar. Ond roedd arogl y camffor yn ddiau. Roedd y sylwedd bregus hwn wedi goroesi drwy hap llwyr, rhyw filoedd o ganrifoedd efallai. Roedd yn fy atgoffa o lun sepia yr oeddwn i wedi'i weld unwaith, o ffosil Belemnît; rhaid ei fod wedi marw a throi'n ffosil miliynau o flynyddoedd yn ôl. Roeddwn i ar fin ei daflu ymaith cyn i mi gofio ei fod yn llosgi'n dda gyda fflam llachar—ei fod, a dweud y gwir, yn gannwyll ragorol—felly fe'i rhoddais yn fy mhoced. Chefais i ddim hyd i unrhyw ffrwydradau, fodd bynnag, nac unrhyw ffordd o dorri'r drysau efydd ar agor. Hyd yn hyn, trosol haearn fy lifer oedd y peth mwyaf defnyddiol i mi gael hyd iddo. Serch hynny, gadewais y galeri mewn hwyliau da.

"Ni allaf rannu holl hanes y prynhawn hir hwnnw â chi. Anodd iawn fyddai dwyn i gof bob un o'm harchwiliadau, yn y drefn gywir. Cofiaf galeri hir o stondinau'n llawn arfau rhydlyd, a chofiaf sut y bu i mi oedi i ddewis rhwng fy mhastwn â bwyell, neu gleddyf. Nid oedd modd i mi gario'r ddau fodd bynnag, a'r bar haearn yn fy nhyb i oedd fwyaf addawol i drechu'r gatiau efydd. Roedd cryn nifer o ganonau a drylliau. Pentyrrau o rwd oedd y mwyafrif ohonynt, ond roedd llawer ohonynt o ryw fetel newydd ac yn dal i fod yn weddol gadarn. Ond os bu yno erioed unrhyw gertrysau neu bowdr, roeddent wedi hen ddadelfennu a throi'n llwch. Roedd ôl llosgi a difrod mewn un cornel; efallai bod un o'r arddangosfeydd wedi ffrwydro, meddyliais. Mewn man arall roedd casgliad enfawr o ddelwau—Polynesiaidd, Mecsicanaidd, Groegaidd, Ffoenicaidd—pob gwlad ar y ddaear baswn i'n meddwl. Aeth rhyw anghenfil sebonfaen o Dde America â'm pryd; ildiais i fympwy na allwn ei wrthsefyll ac ysgrifennais fy enw ar ei drwyn.

"Pylodd fy chwilfrydedd wrth i'r noswaith fynd yn ei blaen. Es i drwy un galeri ar ôl y llall, pob un yn llychlyd a distaw; llawer ohonynt yn adfeiliedig; rhai yn cynnwys dim ond pentyrrau o rwd a choedlo, eraill yn fwy ffres. Mewn un man cefais hyd i fodel o gloddfa tin, a thrwy ddamwain wedyn cefais hyd, mewn cas aerdyn, i ddau gertrys ddynameit! 'Eureka!' gweiddais, gan chwalu'r cas yn llawen.

Ond wedyn daeth yr amheuaeth. Oedais. Dewisais galeri bach i un ochr er mwyn cynnal fy arbrawf bach. Ni fûm i erioed mor siomedig ag yr oeddwn i ar ôl aros pump, deg, pymtheg munud am ffrwydrad nad oedd yn dod. Roeddynt yn ffug, wrth gwrs, fel y dylwn i fod wedi dyfalu'n syth oherwydd eu bod mewn amgueddfa yn y lle cyntaf. Pe na baent yn ffug, credaf o ddifri y baswn i wedi rhuthro'n fyrbwyll i ffrwydro'r sffincs, y drysau efydd, a (fel y profodd wedyn) pob cyfle o gael hyd i'r Peiriant Amser gyda'i gilydd, i ebargofiant.

"Ar ôl hynny, rwy'n credu, daethom ni at gwrt bach agored o fewn y palas. Roedd ei llawr o laswellt, ac roedd yna dair coeden ffrwythau. Arhoson ni yno i orffwys ac adnewyddu'n hunain. Â'r nos yn prysur agosáu, dechreuais ystyried ein sefyllfa. Byddai'n dywyll yn fuan, ac nid oeddwn i wedi cael hyd i'r lloches anhygyrch yr oeddwn i wedi gobeithio'i chanfod yno. Ond nid oeddwn i'n poeni rhyw lawer am hynny bellach. Roedd gen i yn fy meddiant rywbeth a oedd, efallai, yn well na phob amddiffynfa yn erbyn y Morlogod—matsis! Roedd gen i'r camffor yn fy mhoced, hefyd, pe bai angen tân mawr. Y peth gorau i ni ei wneud, meddyliais, fyddai treulio'r noson yn yr awyr agored â thân yn ein hamddiffyn. Yn y bore, byddai'n amser mynd i adennill y Peiriant Amser. At hynny, hyd yn hyn, dim ond fy mhastwn haearn oedd gen i. Ond â'm dealltwriaeth gynyddol roeddwn i'n teimlo'n wahanol iawn am y drysau efydd hynny bellach. Nid oeddwn i wedi ceisio'u gorfodi hyd yn hyn, yn bennaf oherwydd nad oeddwn i'n gwybod beth oedd yn aros ar yr ochr arall: ond nid oeddynt erioed wedi edrych yn neilltuol o gryf i mi, ac roedd gen i obaith mawr na fyddai fy mar haearn yn hollol annigonol at y gwaith.

XII.
Yn y Tywyllwch

"Roedd rhywfaint o'r haul uwchben y gorwel o hyd wrth i ni adael y Palas. Roeddwn i'n benderfynol o gyrraedd y Sffincs Gwyn yn gynnar y bore wedyn, ac yn bwriadu cyrraedd ochr draw'r goedwig oedd wedi fy atal ar fy nhaith flaenorol cyn iddi nosi'n llwyr. Fy nghynllun oedd mynd mor bell â phosib y noson honno, cyn adeiladu tân a chysgu dan warchodaeth ei olau. Wrth i ni fynd yn ein blaenau felly roeddwn i'n casglu unrhyw ffyn neu wair sych i mi eu gweld, a chyn pen dim roedd fy mreichiau'n llawn o wehilion felly. A minnau'n cludo'r fath lwyth roedd ein taith yn arafach nag yr oeddwn i wedi disgwyl, ac roedd Wîna'n flinedig hefyd. Roeddwn i'n dechrau blino fy hunan, a chyn i ni gyrraedd y goedwig roedd hi wedi nosi. Byddai Wîna wedi dewis aros ar y llethr ymhlith y llwyni; ond roedd gen i ryw synnwyr rhyfedd fod perygl mawr wrth law, ac roedd hynny'n fy ngyrru ymlaen (dylai wedi bod yn rhybudd i mi). Nid oeddwn i wedi cysgu am noson a deuddydd: roeddwn i'n teimlo'n llidiog, ac roedd gen i dwymyn. Gallwn deimlo cwsg yn fy erlid, yn ogystal â'r Morlogod.

"Wrth i ni oedi gwelais dair ffurf welw'n cyrcydu y tu ôl ni yn y llwyni duon. Roedd llwyni a gwair hir o'n cwmpas i bob cyfeiriad, ac nid oeddwn i'n teimlo'n ddiogel rhagddynt. Yn ôl fy amcangyfrif roedd y goedwig ychydig yn llai na milltir o'r naill ochr i'r llall. Pe bai modd i ni ddianc drwyddo i'r llethr moel ar yr ochr draw, byddwn ni mewn lle llawer mwy diogel i orffwyso ynddo. Roeddwn i'n credu y byddai'n ddigon hawdd i oleuo fy llwybr drwy'r goedwig, gyda fy matsis a'm camffor. Roedd hi'n amlwg y byddai'n rhaid i mi adael y pren a'r gwair, fodd bynnag, os oeddwn i'n mynd i ddal matsis i fyny; felly fe'u gollyngais, braidd yn bryderus. Ond cefais syniad wedyn: beth am syfrdanu ein ffrindiau drwy wneud tân iddynt? Gwelais ffolineb pur y syniad yn fuan wedi hynny, ond ar y pryd roedd hi'n fy nharo fel cynllun cyfrwys i warchod ein holau wrth i ni ffoi.

"Wn i ddim os ydych chi erioed wedi ystyried peth mor brin yw fflamau yn absenoldeb dyn, ac mewn hinsawdd fwyn. Anaml iawn mae gwres yr haul yn ddigon cryf i ddechrau tân, hyd yn oed o'i ganolbwyntio gyda diferion o wlith, fel sy'n digwydd weithiau mewn parthau mwy trofannol. Gall mellt ffrwydro a duo coed, ond prin iawn ydyw'n dechrau tanau mawr sy'n lledaenu'n eang. Wrth bydru gall llystyfiant fynd yn ddigon poeth i ddechrau mudlosgi, ond anaml y bydd hynny'n creu fflam. Yn yr oes ddirywiedig hon, hefyd, roedd y grefft o greu tân wedi'i hen anghofio . Rhywbeth cyfan gwbl newydd a rhyfedd i Wîna oedd y tafodau cochion hyn, yn llyfu fy mhentwr o bren.

"Roedd arni eisiau rhedeg iddo a chwarae ynddo. Rydw i'n credu y byddai wedi taflu'i hun i mewn iddo, pe na bawn i wedi'i rhwystro. Ond daliais i hi, ac er gwaetha pob straffaglu plymiais yn benderfynol i'r goedwig. Roedd fy llwybr wedi'i oleuo gan y tân am ychydig lathenni. Gan daro golwg arall ar fy ôl drwy'r coed trwchus, gwelais fod y tân wedi ymledu o'm pentwr ffyn bychain i rai llwyni cyfagos, a bod llinell grom o dân yn araf symud drwy wair y llethr. Chwarddais o weld hynny, a throi drachefn tua'r coed tywyll o'm blaen. Roedd hi'n ddu iawn, ac roedd Wîna'n cydio'n galed ynof, ond roedd yna ddigon o olau o hyd i mi osgoi baglu wedi i fy llygaid ymgynefino â'r tywyllwch. Doedd dim ond düwch llwyr uwchben, heblaw yma a thraw lle'r oedd darn bach o'r awyr las bell yn tywynnu i lawr arnom. Nid oeddwn i wedi cynnau un o'm matsis eto oherwydd roedd fy nwylo'n llawn: yn y naill fraich roeddwn i'n cario fy un bach, a fy mhastwn haearn yn y llall.

"Am ychydig bellter ni chlywais i ddim byd heblaw'r brigau'n torri dan fy nhraed, yr awel yn y dail uwchben, a fy anadlu fy hunan, a'r gwaed yn curo yn fy nghlustiau. Wedyn des i'n ymwybodol o ryw bitran-patran y tu ôl i mi. Â'm hwyneb yn brudd, daliais yn fy mlaen. Tyfodd y sŵn, ac wedyn dechreuais glywed yr un synau a lleisiau rhyfedd yr oeddwn i wedi'u clywed yn yr Is-fyd. Roedd nifer fawr o'r Morlogod yno, debyg, ac yn agosáu. Yn wir, ymhen munud eto teimlais rywbeth yn ceisio gafael yn fy nghôt, wedyn rhywbeth yn cyffwrdd â'm braich. Crynodd Wîna, cyn mynd yn hollol lonydd.

"Roedd hi'n amser am fatsien. Ond i gael un ohonynt roedd rhaid ei rhoi hithau i lawr. Gwnes i hynny, ac wrth i mi ymbalfalu yn fy mhoced dechreuodd rhyw frwydro yn y tywyllwch o gwmpas fy nghoesau, hithau'n hollol ddistaw o hyd ond y Morlogod yn gwneud yr un synau cwynfan rhyfedd. Roedd dwylo bach meddal, hefyd, yn archwilio fy nghôt a'm cefn, yn cyffwrdd â'm gwddf hyd yn oed. Wedyn crafodd y fatsien, a hisian. Daliais i hi uwchben yn llosgi, a gwelais gefnau gwynion y Morlogod yn eu dychryn, ymhlith y coed. Tynnais ddarn o gamffor o'm poced ar frys, a pharatoi i'w oleuo cyn gynted ag y byddai'r fatsien wedi dechrau pylu. Yna sylwais ar Wîna. Roedd hi'n gorwedd â'i hwyneb i'r ddaear yn gafael yn fy nhraed, yn hollol lonydd. Ag ofn sydyn, plygais i lawr ati. Roedd hi'n dal i anadlu, ond prin hynny. Cyneuais y camffor a'i daflu i'r llawr, ac wrth iddo boeri a fflamio a gyrru'r Morlogod a'r cysgodion yn ôl, plygais i'w chodi. Roedd y goedwig tu ôl fel petai'n llawn o gynnwrf, a siffrwd nifer mawr!

"Roedd hi wedi llewygu, debyg. Fe'i gosodais dros fy ysgwydd yn ofalus a'i chodi i fynd ymlaen, cyn sylweddoli rhywbeth erchyll. Yn sgil yr holl symud o gwmpas gyda'r matsis ac Wîna, roeddwn i wedi troi yn fy unfan sawl gwaith a bellach nid oeddwn i'n sicr o gwbl i ba gyfeiriad oedd fy llwybr. Hyd y gwn i efallai fy mod i'n hwynebu Palas y Porslen Gwyrdd drachefn. Dechreuais chwysu. Rhaid oedd meddwl yn gyflym. Penderfynais wneud tân, a chreu gwersyll yn y fan a'r lle. Gosodais Wîna ar fonyn glaswelltog, yn llonydd o hyd; ac yn frysiog iawn dechreuais gasglu ffyn a dail wrth i olau'r darn cyntaf o gamffor bylu. Disgleiriai llygaid y Morlogod yma a thraw yn y tywyllwch o'm cwmpas, fel carbynclau.

"Fflachiodd y camffor, a diffodd. Cyneuais fatsien, ac wrth i mi wneud hynny tynnodd ddwy ffurf wen yn ôl oedd wedi bod yn agosáu at Wîna. Cafodd un ohonynt ei ddallu cymaint gan y golau fel iddo ddod ataf i'n syth, a theimlais ei esgyrn dan ergyd fy nwrn. Bloeddiodd mewn braw, baglodd ychydig bellter, a chwympodd. Cyneuais ddarn arall o gamffor, a pharhau i gasglu fy nghoelcerth. Sylweddolais wedyn mor sych oedd y dail uwch fy mhen, oherwydd yn yr wythnos gyfan ers i mi gyrraedd yn y Peiriant Amser doedd hi ddim wedi glawio unwaith. Yn lle chwilio ymhlith y coed am frigau wedi cwympo felly dechreuais neidio i fyny a thynnu canghennau i lawr. Yn fuan iawn roedd gen i dân myglyd o bren gwyrdd a ffyn sychion, fel bod modd cadw'r camffor wrth gefn. Troais wedyn at Wîna, lle'r oedd hi'n gorwedd wrth ochr fy mhastwn haearn. Ceisiais hynny a allwn i'w dadebru, ond roedd hi fel petai'n farw. Nid oeddwn i'n hollol sicr os oedd hi'n dal i anadlu.

"Chwythai mwg y tân tuag ataf, a rhaid ei fod yn fy ngwneud i'n drymaidd. Roedd oglau camffor yn yr awyr hefyd. Ni fyddai angen i mi adnewyddu'r tân am ryw awr. Roeddwn i'n flinedig iawn wedi fy holl ymdrechion, ac eisteddais i lawr. Roedd y goedwig hefyd yn llawn o ryw furmur gysglyd nad oeddwn i'n ei ddeall. Y cwbl a wnes i o'm tyb i oedd pendwmpian am eiliad, ac agor fy llygaid. Ond roedd popeth yn dywyll, ac roedd dwylo'r Morlogod arnaf. Gan daflu eu bysedd erchyll, rhoddais fy llaw i'm mhoced am y bocs matsis ar frys, ac—roedd wedi mynd! Daethon nhw yn eu blaenau a gafael ynof unwaith eto. Ymhen eiliad, roeddwn i'n gwybod beth oedd wedi digwydd. Roeddwn i wedi cysgu, a'r tân wedi diffodd. Teimlais chwerwder marwolaeth yn fy enaid. Roedd y goedwig fel petai'n llawn o arogl coed yn llosgi. Gafaelwyd ynof gerfydd fy ngwddf, fy ngwallt, a'm breichiau, a'm tynnu i lawr. Amhosib yw disgrifio mor ofnadwy oedd teimlo'r creaduriaid meddal yn pentyrru arnaf yn y tywyllwch. Roedd hi fel petawn i wedi fy nal mewn gwe pry cop anghenfilaidd. Roeddynt yn drech na fi, ac fe'm tynnwyd i lawr. Teimlais ddannedd yn cau ar fy ngwddf. Rholiais drosodd, ac wrth wneud hynny, daeth fy llaw i gyffwrdd â'r lifer haearn. Rhoddodd nerth i mi straffaglu i'm traed, gan ysgwyd y llygod dynol ymaith, a gyda'r pastwn, taro yn y man lle'r oeddwn i'n meddwl oedd eu hwynebau. Teimlais gnawd ac esgyrn meddal yn ildio i'm hergydion, ac am eiliad roeddwn i'n rhydd .

"Teimlais y gorfoledd rhyfedd hynny sy'n dod yn aml pan fo rhywun yn ymladd. Roeddwn i'n gwybod nad oedd gobaith gan Wîna na minnau chwaith, ond roeddwn i'n benderfynol y byddai'r Morlogod yn talu'n ddrud am eu cig. Sefais â choeden yn gefn i mi, yn taro yma a thraw gyda'r bar haearn. Llenwodd y goedwig gyfan gyda'u cynnwrf a'u llefain. Aeth munud heibio. Roedd eu lleisiau fel petai'n codi'n fwy cynhyrfus fyth, a'u symudiadau'n cyflymu. Ond ni ddaeth yr un ohonynt o fewn cyrraedd. Sefais yno'n syllu i'r tywyllwch. Yna'n sydyn daeth gobaith. Oedd y Morlogod yn ofnus? Ac yn fuan iawn wedyn digwyddodd rhywbeth rhyfedd. Roedd y tywyllwch fel petai rywfaint yn oleuach. Dechreuais weld y Morlogod o'm cwmpas yn aneglur—roedd tri ohonynt wrth fy nhraed—ac wedyn sylweddolais, er na allwn i greu'r peth, bod y lleill yn rhedeg, llif diddiwedd ohonynt, o'r tu ôl i mi ac ymlaen drwy'r goedwig o'm blaen. Doedd eu cefnau ddim yn wyn bellach, ond yn goch. Â minnau'n sefyll yn syfrdan, gwelais wreichionyn bach coch yn hedfan ar draws bwlch o olau'r sêr rhwng y canghennau, a diflannu. Deallais wedyn ystyr yr oglau pren yn llosgi, y murmur cysglyd oedd bellach yn tyfu'n rhu ffyrnig, y golau coch, a'r Morlogod yn ffoi.

"Gan gamu allan o'r tu ôl i'm coeden ac edrych yn ôl, rhwng pileri duon y coed cyfagos gwelais fflamau tân yn llenwi'r goedwig. Fy nhân cyntaf ydoedd, yn dilyn ar fy ôl. Edrychais o'm cwmpas am Wîna, ond roedd hi wedi mynd. Gyda'r holl hisian a chracio y tu ôl i mi, yr ergydion caled wrth i bob coeden newydd droi'n fflamau i gyd, prin oedd gen i amser i feddwl am y peth. Â'm bar haearn yn fy llaw o hyd, dilynais drywydd y Morlogod. Cael a chael oedd hi. Ar un adeg, daethai'r fflamau yn eu blaenau ar fy ochr dde mor gyflym nes iddynt fy ngoddiweddyd, a rhaid oedd troi i'r chwith. Ond o'r diwedd cyrhaeddais fan agored bach, ac wrth i mi wneud hynny daeth un Morlog yn baglu tuag ataf, aeth heibio, ac yn ei flaen yn syth i'r tân!

"Gwelais wedyn y peth mwyaf rhyfedd ac erchyll o bob dim a welais i yn yr oes honno. Yng ngolau'r tân roedd y lle mor llachar â'r dydd. Roedd yna dwmpath neu fryn bach yn y canol, â draenen wen yn llosgi ar ei ben. Y tu hwnt i hwn roedd braich arall o'r goedwig yn llosgi, â thafodau melyn eisoes yn llyfu allan gan amgylchynu'r holl le â gwrych o dân. Ar lethrau'r bryn roedd rhyw dri deg neu bedwar deg o Forlogod, wedi'u dallu gan y golau a'r gwres, yn baglu yma a thraw yn erbyn ei gilydd yn eu dryswch. Ni sylwais i eu bod nhw'n ddall i ddechrau, ac roeddwn i'n eu taro'n ffyrnig â'm bar mewn ofn wrth iddynt ddod yn agos, gan ladd un a thorri esgyrn sawl un arall. Ond wedi i mi wylio ystumiau un ohonynt yn ymbalfalu o dan y ddraenen wen yn erbyn yr awyr goch, a chlywed eu griddfan, gwyddwn eu bod yn hollol ddiymadferth ac yn berffaith druenus yn y golau, a rhoddais y gorau i'w curo.

"Bob hyn a hyn serch hynny byddai un ohonynt yn dod yn uniongyrchol tuag ataf, gan godi braw mawr arnaf a'm gyrru'n yn gyflym i'w hosgoi. Ar un adeg pylodd y fflamau rywfaint, ac roeddwn i'n dechrau ofni y byddai'r creaduriaid ffiaidd yn fy ngweld cyn bo hir. Roeddwn i wrthi'n ystyried a ddylwn i ddechrau'r frwydr drwy ladd rhai ohonynt cyn i hynny ddigwydd, ond llosgodd y tân yn llachar unwaith eto, ac oedais. Cerddais o gwmpas y bryn yn eu plith yn chwilio am ryw arwydd o Wîna wrth i mi eu hosgoi. Ond roedd Wîna wedi mynd.

"O'r diwedd, eisteddais i lawr ar ben y bryn gan wylio'r dorf ryfedd, anghredadwy hon o ddeillion yn ymbalfalu yma a thraw'n canu ar ei gilydd yn annaearol wrth i olau'r tân eu trochi. Llifai'r golofn o fwg fel rhuban drwy'r awyr, a disgleiriai'r sêr bychain trwy'r tyllau prin ynddi, mor bell i ffwrdd fel petaent yn perthyn i fydysawd arall. Daeth dau neu dri Morlog heibio i fwrw yn fy erbyn, ac er gwaethaf fy mod yn crynu o hyd, fe'u gyrrais ymaith â'm dyrnau.

"Am ran sylweddol o'r noson roeddwn i'n argyhoeddedig fy mod i mewn hunllef. Brathais fy hunan a sgrechain mewn ymgais frwd ond ofer i ddeffro. Trawais y ddaear â'm dwylo, codais, a disgyn wedyn, a chrwydro yma a thraw, ac eistedd eto. Wedyn dechreuais rwbio fy llygaid, ac ymbil ar Dduw i adael i mi ddeffro. Deirgwaith, gwelais Forlogod yn plygu eu pennau yn eu poen, a rhuthro i mewn i'r fflamau. Ond, o'r diwedd, â niferoedd y creaduriaid cibddall yn lleihau, a gyda choch y tân yn dechrau gwanhau, daeth golau gwyn y dydd i'r golwg uwchben y mwg du a'r boncyffion mudlosg.

"Chwilias unwaith eto am arwydd o Wîna, ond doedd dim byd. Roedd hi'n amlwg eu bod wedi gadael ei chorff bach druan yn y goedwig. Ni allaf ddisgrifio'r rhyddhad a deimlais o wybod ei bod hi wedi osgoi'r ffawd erchyll hynny oedd wedi edrych yn anochel. Wrth feddwl am hynny, bu bron i mi ddechrau unwaith eto â'm pastwn a gwneud cyflafan o'r ffiedd-dodau diymadferth o'm cwmpas. Roedd y bryn, fel yr wyf wedi'i sôn eisoes, yn fath o ynys yn y goedwig. O'i gopa gallwn weld Palas y Porslen gwyrdd bellach drwy niwl o fwg, a gwyddwn o hynny i ba gyfeiriad oedd y Sffincs Gwyn. Gan adael gweddillion yr eneidiau coll hyn felly'n dal i grwydro o gwmpas dan riddfan, wrth i'r dydd fynd yn gliriach clymais wair o gwmpas fy nhraed i hercian yn gloff dros y lludw poeth rhwng y coesau duon oedd yn dal i fudlosgi'n goch i gyfeiriad y man lle'r oedd y Peiriant Amser wedi'i guddio . A minnau wedi blino'n lân, yn gloff, a'm calon yn llawn o boen enbyd marwolaeth erchyll Wîna fach, cerddais yn araf iawn. Roedd hi'n drychineb llwyr. Bellach, yn yr hen ystafell gyfarwydd hon, mae hi'n teimlo'n debycach i dristwch breuddwyd na gwir golled. Ond y bore hynny roeddwn i'n hollol unig unwaith eto—yn unig ofnadwy. Dechreuais feddwl am y tŷ hwn, am y lle tân hwn wrth fy ochr, am rai ohonoch chi, a gyda'r meddyliau o'r fath daeth hiraeth oedd yn boen yn fy mron.

"Ond, wrth i mi gerdded dros y lludw myglyd dan awyr lachar y bore, cefais hyd i rywbeth. Roedd ambell i fatsien o hyd yn rhydd ym mhoced fy nhrowser. Rhaid bod y blwch wedi gollwng rhai ohonynt cyn i mi ei golli.

XIII.
Magl y Sffincs Gwyn

"Erbyn tua wyth neu naw o'r gloch y bore roeddwn i wedi cyrraedd y sedd fetel felen lle'r oeddwn i wedi syllu allan dros y byd hwnnw y noson gyntaf wedi i mi ei gyrraedd. Meddyliais am y casgliadau brysiog yr oeddwn i wedi'u cyrraedd y noson honno, ac wrth feddwl mor hyderus yr oeddwn i wedi bod bu'n rhaid i mi chwerthin yn chwerw. Dyma oedd yr un olygfa hardd, yr un gwyrddni maith, yr un palasau ysblennydd ac adfeilion crand, yr un afon o arian yn llifo heibio'i glannau ffrwythlon. Yma a thraw'n symud drwy'r coed oedd dillad llachar y bobl hardd. Roedd rhai ohonynt yn ymdrochi yn yr union fan lle'r oeddwn i wedi achub Wîna, a theimlais ing o boen sydyn wrth feddwl am hynny. Yma a thraw hefyd, fel plorod ar y wlad, oedd y cromenni hynny uwchben y mynedfeydd i'r is-fyd. Roeddwn i'n deall bellach beth oedd yn cuddio'r tu ôl i holl harddwch pobl yr Uwchfyd. Roedd eu dyddiau'n ddigon pleserus, mor bleserus â dyddiau'r gwartheg sy'n pori yn y cae. Fel y gwartheg, nid oeddynt yn ymwybodol o unrhyw elyn, ac nid oeddynt yn poeni am unrhyw anghenion. Yr un â'r gwartheg oedd eu ffawd.

"Trist gen i oedd meddwl mor fyr bu breuddwyd deall dynion. Roedd y meddwl dynol wedi ei ladd ei hun. Roedd wedi rhoi ei holl fryd ar foethusrwydd a choethder: cymdeithas gytbwys, diogelwch â pharhad fu ei arwyddeiriau, ac roedd wedi cyflawni pob un o'i obeithion—dim ond i ddod at hyn. Rhaid y bu bywyd ac eiddo mwy neu lai'n hollol ddiogel ar un adeg. Bu'r cyfoethog yn sicr o'u cyfoeth a'u moethusrwydd, y gweithwyr yn sicr o'u bywyd a'u gwaith. Debyg na fu yn y byd perffaith hynny unrhyw broblemau o ran diweithdra, dim cwestiwn cymdeithasol nad oedd wedi'i ateb. Ac i ddilyn y byd hwnnw daeth tawelwch mawr.

"Rydym weithiau'n anghofio'r rheol naturiol honno mai hyblygrwydd gwybyddol yw ffrwyth newid, perygl, a thrafferth. Mae anifail sy'n gweddu'n berffaith i'w amgylchedd yn fecanwaith perffaith. Nid yw natur byth yn gofyn am ddatblygu meddwl nes bod arfer a greddf wedi profi'n annigonol. Nid oes yna feddwl lle nad oes newid, nac angen am newid. Yr unig anifeiliaid sy'n datblygu meddwl yw'r rhai sy'n gorfod wynebu ystod eang o anghenion a pheryglon.

"Hyd y gwelwn i felly, roedd dyn yr Uwchfyd wedi llithro'n araf tuag at ei wendid hardd, a dyn yr Is-fyd i ddim heblaw diwydiant mecanyddol. Ond yn y cyflwr hwnnw roedd un peth eto'n eisiau arno i fod yn berffaith—nid oedd yn gyfan gwbl *parhaol*. Pa fodd bynnag y bwydwyd yr Is-fyd yn wreiddiol, roedd hi'n debyg bod y broses hynny wedi dechrau dadfeilio dros amser. Bu Angen yn aros o'r neilltu am filoedd o flynyddoedd, ond daeth yn ôl drachefn a dechrau ar ei waith o dan y ddaear. Waeth pa mor berffaith ydynt, mae peiriannau'n galw am rywfaint o wybyddiaeth y tu hwnt i arfer difeddwl. A hwythau'n byw mewn cysylltiad â pheirannau o hyd, debyg bod trigolion yr Is-fyd wedi cadw rhagor o flaengaredd na thrigolion yr Uwchfyd hyd yn oed os oeddynt wedi cadw llai o bob nodwedd arall o'r cymeriad dynol. Ac wedi i bob cig arall fethu, troesant at yr hyn yr oedd hen arfer wedi'i wahardd. Dyna fy nehongliad i o'r hyn a welais wrth gymryd fy ngolwg olaf ar fyd Wyth Cant a Dau Mil Saith Dim Un. Efallai fy mod i'n hollol ac yn gyfan gwbl anghywir. Hynny oedd siâp y peth yn fy llygaid i serch hynny, ac fe'i rhannaf â chithau.

"Ar ôl holl flinder, cyffro ac ofn y dyddiau diwethaf, ac er gwaethaf fy nhristwch, roedd hi'n braf iawn cael eistedd yno yn y sedd yn yr heulwen gynnes a syllu ar yr olygfa. Roeddwn i'n flinedig iawn ac yn gysglyd, a chyn pen dim es i o fyfyrio i bendwmpian. Gan deimlo hynny, â derbyn neges fy nghorff, gorweddais i lawr ar y gwair a chysgu, yn hir ac yn braf.

"Deffrais ychydig cyn i'r haul fachlud. Teimlais yn ddiogel rhag cael fy nal yn cysgu gan y Morlogod bellach, ac, ar ôl ymestyn, cerddais i lawr y llethr i'r Sffincs Gwyn. Roeddwn i'n dal fy nhrosol metel yn fy naill law wrth i'r llall fyseddu'r matsis yn fy mhoced.

"Ac wedyn digwyddodd rhywbeth hollol annisgwyl. Wrth i mi agosáu at bedestal y sffincs, gwelais fod y falfiau efydd ar agor. Roeddynt wedi llithro i lawr i mewn i rigolau.

"Arhosais o'u blaenau, yn oedi cyn mynd i mewn.

"Roedd yna ystafell fach y tu mewn, ac yno ar lwyfan fach mewn un gornel roedd y Peiriant Amser. Roedd y liferi bach yno yn fy mhoced. Ar ôl fy holl baratoadau cymhleth i ymosod ar y Sffincs Gwyn, felly, roeddynt am ei ildio i mi yn ddigon llariaidd. Taflais fy mhastwn metel ymaith, bron yn siomedig na fyddwn i'n cael cyfle i'w ddefnyddio.

"Daeth rhywbeth i'm meddwl yn sydyn wrth i mi blygu i lawr tua'r porth. Am unwaith, o leiaf, roeddwn i wedi dirnad gwaith meddwl y Morlogod. Gan ymladd awydd cryf i chwerthin, camais i mewn drwy'r ffrâm efydd ac i fyny i'r Peiriant Amser. Synnais o weld ei fod wedi'i lanhau a'i iro'n ofalus. Ers hynny rydw i wedi amau bod y Morlogod wedi'i ddatgymalu hyd yn oed, o leiaf yn rhannol, wrth geisio deall ei bwrpas yn eu ffordd gyfyngedig eu hunain.

"Wrth i mi sefyll yno a'i archwilio, yn cael pleser dim ond o'i gyffwrdd, digwyddodd yr hyn yr oeddwn i wedi'i ragweld. Cododd y paneli efydd yn sydyn ac atseinio'n uchel wrth gau yn erbyn y ffrâm. Roeddwn i yn y tywyllwch—wedi fy nal. Yn nhyb y Morlogod o leiaf. Chwarddais yn uchel am hynny.

"Roeddwn i eisoes yn clywed eu chwerthin rhyfedd wrth iddynt agosáu. Yn llwyr ddigyffro ceisiais gynnau'r fatsien. Y cwbl oedd rhaid i mi ei wneud oedd gosod y liferi ac wedyn diflannu, fel ysbryd. Ond roeddwn i wedi anghofio un peth. Roedd y matsis o'r math felltith hynny y mae'n rhaid eu cynnau ar ochr eu blwch.

"Gallwch ddychmygu na wnes i aros yn ddigyffro wedi i mi sylweddoli hynny. Roedd y creaduriaid hyll gerllaw. Daeth un ohonynt i'm cyffwrdd. Chwifiais y liferi'n ddall yn y tywyllwch a dechrau sgrialu i gyfrwy'r peiriant. Wedyn daeth llaw arnaf, wedyn un arall. Bu rhaid i mi frwydro yn erbyn eu bysedd penderfynol er mwyn cadw'r liferi, wrth geisio cael hyd i'r stydiau bach lle'r oeddynt yn ffitio. Bu bron iddynt gael un ohonynt gennyf. Wrth iddo lithro o'm llaw, bu'n rhaid i mi roi ergyd yn y tywyllwch gyda'm mhen—clywais benglog y Morlog yn atseinio—i'w adennill. Roedd yr ymdrech olaf hwn, credaf, yn agosach na'r frwydr yn y goedwig.

"Ond o'r diwedd roedd y lifer yn ei le ac wedi'i dynnu. Llithrodd y dwylo erchyll oddi arnaf. Diflannodd y tywyllwch o'm golwg. Unwaith eto roeddwn i yn y gwyll llwydaidd hynny yr wyf wedi'i ddisgrifio eisoes.

XIV.
Y Weledigaeth Bellach

"Soniais wrthych eisoes am y salwch a'r dryswch sy'n dod wrth deithio mewn amser. Yn ogystal â hynny, y tro hwn nid oeddwn i'n eistedd yn gywir yn y cyfrwy ond yn hytrach ar fy ochr, a braidd yn ansad. Gafaelais yn y peiriant am beth amser wrth iddo ysgwyd a chrynu, heb feddwl i ble roeddwn i'n mynd na sut, a phan droais i edrych ar y dialau unwaith eto synnais o weld lle'r oeddwn i wedi cyrraedd. Mae un deial yn cofnodi'r dyddiau, un arall miloedd o ddyddiau, un arall miliynau o ddyddiau, ac un arall miloedd o filiynau. Yn lle troi'r liferi tuag yn ôl, roeddwn i wedi'u tynnu mor bell fel fy mod i'n mynd ymlaen, a phan edrychais ar y dialau hyn gwelais fod llaw'r miloedd yn troelli mor gyflym â llaw eiliadau ar oriawr gyffredin—i'r dyfodol.

"Wrth i mi symud ymlaen, dechreuais sylwi ar newid rhyfedd. Roedd y llwydni'n mynd yn dywyllach; wedyn— er fy mod i'n dal i deithio'n eithriadol o gyflym— dychwelodd mynd â dod golau'r dydd gyda dydd a'r nos, yn fwyfwy amlwg o hyd. Byddai hyn fel arfer yn arwydd fy mod i'n symud yn arafach, felly roedd yn achos dryswch mawr i mi ar y dechrau. Aeth y cyfnewid o ddydd a nos yn arafach ac yn arafach o hyd, a thaith yr haul ar draws yr awyr hefyd, nes eu bod yn cymryd canrifoedd yn ôl pob golwg. O'r diwedd daeth caddug cyson dros y ddaear, heb ddim i darfu arno heblaw ambell i gomed yn sgrialu dros yr awyr nawr ac yn y man. Roedd rhuban yr haul wedi hen ddiflannu gan fod yr haul wedi peidio â machlud—dim ond codi a disgyn yn y gorllewin a wnâi bellach, gan fynd yn fwy o ran maint ac yn fwy coch o hyd. Roedd pob sôn o'r lleuad wedi diflannu. Ar ôl arafu am gyfnod hir roedd cylchynu'r sêr wedi peidio bellach, gan eu gadael yn oleuadau sefydlog. O'r diwedd, peth amser cyn i mi aros, peidiodd yr haul ei symud yn llwyr, ac eisteddodd ar y gorwel yn goch ac yn fawr iawn; cromen enfawr yn tywynnu â gwres isel, ac yn peidio bob hyn a hyn. Am gyfnod roedd yr haul wedi tywynnu'n fwy llachar, ond dychwelodd i'w gochni'n ddigon buan wedyn. Deallais mai ystyr yr arafu hwn o ran codi a machlud yr haul oedd bod llusg y llanw wedi peidio. Roedd y ddaear wedi peidio â throi ac yn dangos un wyneb yn unig i'r haul bellach, yn yr un ffordd ag y mae'r lleuad yn wynebu'r ddaear yn ein hoes ein hun. Yn ofalus iawn, a minnau'n cofio cwympo'r tro diwethaf, dechreuais arafu'r peiriant. Troesai dwylo'r dialau'n fwyfwy araf nes bod y miloedd yn llonydd, a'r dyddiau'n fwy na dim ond niwl annelwig. Yn arafach eto, nes i amlinell gwan traeth trist ddod i'r golwg.

"Gorchmynnais y peiriant i aros yn ofalus iawn ac eistedd i syllu o'm cwmpas. Doedd yr awyr ddim yn las bellach. Yn y gogledd-ddwyrain roedd hi'n ddu fel inc, â'r sêr gwynion yn tywynnu'n llachar. Uwchben roedd hi'n goch Indiaidd dwfn, heb sêr; ac o droi i'r de ddwyrain aethai'n fwyfwy llachar a choch, hyd at gylch enfawr, coch, llonydd yr haul, hanner ohono o'r golwg dan y gorwel. Roedd y creigiau o'm cwmpas yn lliw coch garw, a'r unig fywyd a allwn ei weld i ddechrau oedd y gwyrddni dwys llachar yn gorchuddio pob rhan o wyneb pob carreg oedd yng ngolau'r haul. Roedd hi'r un lliw gwyrdd ag sydd i'w weld ar fwsogl mewn coedwig neu gen mewn ogof: planhigion sy'n tyfu, fel oedd y rhain, mewn hanner-tywyllwch parhaol.

"Safai'r peiriant ar draeth llethrog. Ymestynnai'r môr draw tua'r de-orllewin, gan godi at orwel clir llachar yn erbyn yr awyr gwelw. Doedd dim ewyn na thonnau, gan nad oedd unrhyw wynt. Yr unig beth i darfu ar y llonyddwch oedd ymchwydd bychan yn y môr seimllyd, codi a disgyn fel anadl ysgafn yn brawf bod yr hen fôr yn dal i fyw a symud. Lle torrai'r dŵr nawr ac yn y man ar hyd fin y traeth roedd haen drwchus o halen, yn binc dan yr awyr llwyd. Roedd rhyw synnwyr trymaidd yn fy mhen, a sylweddolais fy mod yn anadlu'n gyflym iawn. Roedd hi'n debyg i'r unig brofiad a gefais o fynydda, ac oherwydd hynny barnais bod yr awyr yn ysgafnach nag y mae hi heddiw.

"Ymhell draw i fyny'r llethr anial clywais sgrech gas, a gwelais rywbeth tebyg i löyn byw gwyn enfawr yn codi i'r awyr wrth guro'i adenydd, cyn troi a diflannu dros fryniau isel y tu hwnt i'r llethr. Roedd sŵn ei llais mor ddigalon fel y gwnaeth i mi grynu, ac eisteddais yn fwy cadarn yng nghyfrwy'r peiriant. Gan edrych o'm cwmpas unwaith eto gwelais rywbeth yn symud gerllaw. Roeddwn i wedi cymryd mai dim ond pentwr o gerrig coch oedd yno, ond roedd yn symud yn araf tuag ataf; a sylweddolais mai rhyw greadur anghenfilaidd tebyg i granc ydoedd. Fedrwch chi ddychmygu cranc mor fawr â'r bwrdd yna, ei goesau niferus yn symud yn araf ac ansicr, ei grafangau mawr yn siglo, ei deimlyddion hir fel chwipiau'n chwifio a theimlo, ei lygaid ar goesau ac yn disgleirio atoch o naill ochr ei wyneb metelaidd a'r llall? Roedd ei gefn garw'n frith o bylau a chnapau hyll, ac yma a thraw roedd rhyw dyfiant gwyrdd yn ei fritho. Gallwn weld palpysau niferus ei geg gymhleth yn crynu a synhwyro wrth iddo symud.

"Wrth i mi syllu ar yr anghenfil hyll hwn yn cropian tuag ataf, teimlais rywbeth yn cosi fy moch, fel petai cleren wedi glanio yno. Ceisiais ei frwsio ymaith â'm llaw, ond dychwelodd eiliad yn ddiweddarach, wedi'i ddilyn bron yn syth gan un arall wrth ochr fy nghlust. Trawais eto â'm llaw, a gafael mewn rhywbeth yn debyg i linyn. Fe'i tynnwyd o'm llaw yn frysiog. A'm stumog yn troi'n ddychrynllyd, troais a gweld fy mod i wedi gafael yn antenna cranc anghenfilaidd arall oedd yn sefyll y tu ôl i mi yn union. Roedd ei lygaid drygionus yn crynu ar ben eu coesau, roedd ei geg lwglyd yn fyw a'i grafangau enfawr trwsgl yn symud tuag ataf, yn saim algaidd i gyd. Ymhen eiliad roedd fy llaw ar y lifer, ac roeddwn i wedi rhoi mis rhyngof i â'r angenfilod hyn. Ond roeddwn i ar yr un traeth o hyd, ac yn eu gweld yn glir unwaith eto wedi i mi aros drachefn. Roedd dwsinau ohonynt yn llusgo yma a thraw yn y gwyll ymysg y llieiniau deiliog gwyrdd.

"Amhosib yw cyfleu anobaith llwyr y byd hwnnw. Awyr goch yn y dwyrain, tywyllwch i'r gogledd, y môr hallt marw, y traeth cerrig yn frith o'r angenfilod ffiaidd araf hyn, gwyrdd unfath wenwynig y planhigion cenaidd, yr awyr tenau'n brifo'r ysgyfaint: gyda'i gilydd, roedd yr effaith yn ofnadwy. Symudais ganrif ymlaen, ac yno roedd yr un haul coch—ychydig yn fwy, ychydig yn dywyllach—yr un môr difywyd, yr un awyr oeraidd, a'r un dorf o grancod daearol yn cropian yma a thraw ymysg y chwyn gwyrdd a'r creigiau cochion. Ac yn awyr y gorllewin, gwelais linell grom welw, fel lleuad enfawr newydd.

"Teithiais yn fy mlaen felly, gan aros eto ac eto, mewn camau mawr o fil o flynyddoedd neu'n fwy, dirgelwch ffawd y ddaear yn fy nhynnu yn fy mlaen. Roeddwn i wedi cyfareddu rywsut ar wylio'r haul yn tyfu'n fwy ac yn dywyllach yn awyr y gorllewin, a gan fywyd yr hen ddaear yn araf lifo i ffwrdd. O'r diwedd, mwy na thri deg miliwn o flynyddoedd wedi heddiw, roedd cromen goch yr haul yn gorchuddio bron i ddegfed o'r wybren dywyll. Arhosais eto wedyn, oherwydd bod y crancod aneirif wedi diflannu, ac hyd y gwelwn i doedd dim byd bellach yn byw ar y traeth coch oni bai am y cen gwyrdd. Roedd yntau'n frith o wyn bellach, hefyd, ac roedd hi'n oer enbyd. Troellai'r plu gwynion i lawr o hyd, heb ddiwedd. I'r gogledd-ddwyrain disgleiriodd yr eira dan olau sêr yr awyr ddu, a gallwn weld crib tonnog o fryniau pinc. Roedd min y môr wedi rhewi mewn mannau, ac ymhellach o'r lan roedd darnau mawr o iâ yn arnofio, ond roedd mwyafrif y môr hallt hwnnw'n hylif o hyd, fel gwaed dan olau'r machlud parhaol.

"Edrychais o'm cwmpas am unrhyw arwydd o fywyd anifeilaidd. Roedd rhyw ofn annirnadwy wedi fy hoelio i gyfrwy'r peiriant. Ond welais i ddim byd yn symud ar y ddaear, yn yr awyr, neu'r môr. Roedd y saim gwyrdd ar y creigiau'n brawf nad oedd bywyd wedi darfod yn llwyr. Roedd y dŵr wedi cilio o'r traeth ac roedd ynys o dywod wedi ymddangos yn y dŵr bas. Meddyliais i mi weld rhywbeth du'n symud yn ôl ac ymlaen ar y tywod hwn, ond wrth i mi edrych arno peidiodd symud, a phenderfynais mai dychmygu'r oeddwn i, a dim ond carreg oedd yno. Roedd y sêr yn yr awyr yn eithriadol o lachar, ac yn edrych i mi fel nad oeddynt yn pefrio ond ychydig iawn.

"Sylweddolais yn sydyn bod amlinell gron orllewinol yr haul wedi newid a bod bwlch fel math o fae wedi ymddangos yn y gromen. Gwyliais hwn yn tyfu'n fwy. Syllais yn syn am ryw funud efallai ar y düwch hwn yn cropian dros y diwrnod cyn sylweddoli fy mod i'n gwylio eclips. Roedd naill ai'r lleuad neu'r blaned Mercher yn croesi wyneb yr haul. Cymerais taw'r lleuad oedd hi i ddechrau, yn ddigon naturiol, ond mae llawer sy'n gwneud i mi feddwl taw'r hyn yr oeddwn i'n ei weld mewn gwirionedd oedd un o'r planedau mewnol, yn agos iawn i'r Ddaear.

"Roedd y tywyllwch yn tyfu o hyd; dechreuodd gwynt oer chwythu o'r dwyrain, a chynyddodd nifer y plu gwynion yn yr awyr. Wrth fin y dŵr roedd ambell i grych, a sŵn siffrwd. Heblaw'r synau difywyd hyn roedd y byd i gyd yn ddistaw. Distaw? Anodd fyddai cyfleu llonyddwch y lle.

Roedd holl sŵn dynion a'u byd wedi peidio; pob dafad yn brefu, pob aderyn yn crio, pob pryfyn yn mwmian, yr holl synau hynny sy'n gefndir parhaus i'n bywydau—roedd popeth wedi peidio. Wrth i'r tywyllwch gynyddu, daethai'r plu'n fwy trwchus hefyd, yn dawnsio o flaen fy llygaid; ac aeth oerfel yr awyr yn ddwysach. O'r diwedd, fesul un ar ôl y llall yn gyflym, diflannodd copâu gwynion y bryniau pell i'r tywyllwch. Cododd yr awel yn wynt cryf. Gwelais dywyllwch du cysgod yr eclips yn rhuthro tuag ataf. Ymhen eiliad arall dim ond y sêr gwelw uwchben oedd modd eu gweld. Roedd popeth arall allan o olwg yn y düwch. Roedd yr awyr yn gyfan gwbl du.

"Daeth ofn o'r tywyllwch mawr hwn drosof. Roedd yr oerfel yn fy mrathu ym mêr fy esgyrn; ar y cyd a'r poen yr oeddwn i'n ei deimlo wrth anadlu, aeth yn drech na fi. Crynais, ac fe'm trawyd gan gyfog sydyn. Ond wedyn, ailymddangosodd ymyl yr haul fel bwa poeth coch yn yr awyr. Camais oddi ar y peiriant i ddadebru. Roeddwn i'n teimlo'n ddryslyd, ac fel na fyddwn i'n gallu wynebu'r daith yn ôl. Wrth sefyll yno'n sâl a dryslyd gwelais y peth hwnnw'n symud ar y tywod eto—yn ddi-os bellach, rhywbeth yn symud oedd hi—yn erbyn dŵr coch y môr. Roedd yn grwn, maint pêl droed efallai, neu ychydig yn fwy efallai, a'i dentaclau'n llusgo o'i gwmpas; edrychai'n ddu yn erbyn y dŵr oedd yn goch fel gwaed, ac roedd yn hercian yn ôl ac ymlaen yn gloff. Teimlais wedyn fy mod i'n llewygu. Ond daeth ofn enbyd i'm cynnal, ofn gorwedd yn ddiymadferth yn y tywyllwch ofnadwy pell hwnnw. Cynhaliodd yr ofn fi'n yn ôl i'r cyfrwy.

XV.
Yr Amser-Deithiwr yn Dychwelyd

"Dychwelais, felly. Rhaid fy mod i wedi gorwedd yn anymwybodol ar y peiriant am amser hir. Ailddechreuodd trefn y dyddiau a'r nosweithiau'n fflachio, aeth yr haul yn aur unwaith eto a'r awyr yn las. Aeth anadlu'n haws. Llifodd tonnau'r tir yn ôl ac ymlaen. Troellodd y dwylo ar y dialau tuag yn ôl. O'r diwedd gwelais gysgodion aneglur tai unwaith eto, tystiolaeth o'r ddynoliaeth falch. Newidiodd y rhain hefyd, a diflannu, a daeth eraill. Pan oedd dial y miliynau wedi cyrraedd sero, dechreuais arafu'r peiriant. Dechreuais adnabod ein pensaernïaeth hardd, cyfarwydd ni, dychwelodd dial y miloedd o flynyddoedd yn ôl i'w man dechrau, ac aeth y dyddiau a'r nosau'n arafach o hyd. Yna ymddangosodd hen waliau'r labordy o'm cwmpas. Yn araf ac yn ofalus, arafais y peiriant.

"Gwelais un peth bach oedd yn rhyfedd i mi. Credaf i mi sôn i mi weld Mrs. Watchett yn cerdded ar draws yr ystafell pan gychwynnais allan, fel roced i'm golwg i, cyn i mi fynd yn rhy gyflym. Wrth i mi ddychwelyd, es i unwaith eto drwy'r funud honno pan deithiodd hi ar draws y labordy. Ond bellach roedd ei phob symudiad y gwrthwyneb llwyr i'r tro diwethaf. Agorodd y drws yn y pen isaf, a llithrodd yn ddistaw ar hyd y labordy wysg ei chefn, i ddiflannu drwy'r drws yr oedd hi wedi dod i mewn drwyddo'n flaenorol. Yn union cyn hynny meddyliais i mi weld Hillyer am eiliad, ond aeth heibio mewn fflach.

"Wedyn arhosodd y peiriant yn llwyr, a gwelais yr un hen labordy cyfarwydd o'm cwmpas unwaith eto, fy offer a'm teclynnau yn union fel yr oeddwn i wedi'u gadael. Yn crynu'n wan, codais a disgyn o'r peiriant, ac eistedd i lawr ar fy mainc. Eisteddais yno am sawl munud yn crynu'n enbyd. Yna dechreuais ddadebru. Roedd fy hen weithdy o'm cwmpas unwaith eto, yn union yr un fath ag y bu gynt. Efallai fy mod i wedi cysgu yno a breuddwydio'r holl beth!

"Ond eto, efallai nad oedd pethau'n union yr un fath! Roeddwn i wedi dechrau o gornel de-ddwyrain y labordy. Bellach roeddwn i'n gorffwyso yn erbyn wal ogledd-orllewin y labordy, lle'r oedd y peiriant pan welsoch chi ef. Dyna'r union bellter i chi felly o'r lawnt fach i bedestal y sffincs gwyn, lle gludodd y Morlogod fy mheiriant.

"Am gyfnod ni feddyliais i am ddim byd: roedd fy ymennydd wedi llwyr ymlâdd. Wedyn codais a dod trwy'r coridor yno, yn gloff oherwydd bod fy sawdl yn dal i frifo, ac yn teimlo'n eithriadol o fudr. Gwelais y *Pall Mall Gazette* yno ar y bwrdd gerllaw'r drws. Sylwais mai heddiw oedd y dyddiad, a gan edrych yn ôl ar y cloc gwelais ei bod hi bron yn wyth o'r gloch. Clywais eich lleisiau chi, a sŵn platiau'n taro yn erbyn ei gilydd. Oedais—roeddwn i'n teimlo mor sâl a gwan. Wedyn clywais arogl cig iach da, ac agor y drws. Fe wyddoch chi'r gweddill. Ymolchais, a bwyta, a dyma fi nawr yn dweud yr hanes i chi.

XVI.
Wedi'r Hanes

"Rwy'n gwybod," meddai'r Amser-Deithiwr wedi seibiant, "y bydd hyn oll yn hollol anghredadwy i chi, ond i minnau y peth mwyaf anghredadwy yw fy mod i yma heno yn yr hen ystafell gyfarwydd hon yn edrych ar eich wynebau cyfeillgar ac yn sôn am yr anturiaethau rhyfedd hyn." Edrychodd ar y Gŵr Meddygol. "Na. Ni allaf ddisgwyl i chi fy nghredu. Beth am i chi gymryd mai celwydd yw'r cwbl—neu ddarogan. Beth am ddweud fy mod i wedi breuddwydio'r cwbl yn y gweithdy. Penderfynwch fy mod i wedi bod yn myfyrio ynghylch ffawd ein rhywogaeth hyd nes i mi greu'r ffuglen hon. Cymrwch mai dim ond cyffyrddiad creadigol yw i mi fynnu ei bod hi'n wir, er mwyn gwneud yr hanes yn fwy diddorol. Ac, o feddwl amdani fel hanes, beth yw eich barn amdani?"

Estynnodd ei getyn a'i dapio'n nerfus ar fariau'r grât, yn ôl ei hen arfer cyfarwydd. Roedd ychydig eiliadau o lonyddwch. Yna dechreuodd y cadeiriau gwegian a'r esgidiau symud ar y carped. Tynnais fy llygaid oddi ar wyneb yr Amser-Deithiwr ac edrychais o gwmpas ar ei gynulleidfa. Roeddynt mewn tywyllwch, ac roedd smotiau lliwgar yn nofio o'u blaenau. Roedd y Gŵr Meddygol yn dal i edrych ar ein gwesteiwr, wedi ymgolli'n llwyr. Roedd y Golygydd yn syllu ar ddiwedd ei sigâr—ei chweched. Roedd y Newyddiadurwr yn chwilio am ei oriawr. Roedd y gweddill yn llonydd, hyd y cofiaf.

Cododd y Golygydd dan ochneidio. "Dyna drueni nad ydych chi'n llenor!" meddai, gan osod ei law ar ysgwydd yr Amser-Deithiwr.

"Dydych chi ddim yn fy nghredu?"

"Wel…"

"Doeddwn i ddim yn meddwl."

Trodd yr Amser-Deithiwr i'n hwynebu. "Ble mae'r matsis?" gofynnodd. Cyneuodd un a daliodd yn ei flaen i siarad, gan bwffio'r cetyn. "A dweud y gwir… Prin ydw i'n credu'r peth fy hunan… Ond eto…"

Tawodd, a syllu'n fud ar y blodau gwynion crin ar ben y bwrdd bach. Yna trodd y llaw oedd yn dal ei getyn, a sylwais ei fod yn edrych ar gyfres o greithiau wedi hanner gwella ar ei figyrnau.

Cododd y Gŵr Meddygol, ac aeth dan olau'r lamp i edrych ar y blodau. "Un rhyfedd yw'r gynæceum yma," meddai. Pwysodd y Seicolegydd ymlaen i gael gweld, gan ddal ei law allan am un ohonynt.

"Wel, edrychwch chi—mae hi'n chwarter i un," meddai'r Newyddiadurwr. "Sut gyrhaeddwn ni adref?"

"Mae digon o gabiau wrth yr orsaf," meddai'r Seicolegydd.

"Mae'n rhyfedd iawn," meddai'r Gŵr Meddygol; "ond yn sicr, dydw i ddim yn gyfarwydd â rhywogaeth y blodau hyn. Gaf i fynd â nhw gyda fi?"

Oedodd yr Amser-Deithiwr. Yna meddai'n sydyn: "Na chewch, yn sicr."

"Ble gest ti nhw, mewn gwirionedd?" meddai'r Gŵr Meddygol.

Rhoddodd yr Amser-Deithiwr ei law ar ei ben. Siaradodd fel un sy'n ceisio dal gafael ar syniad sy'n ceisio'i ddianc. "Wîna a'u rhoddodd yn fy mhoced, pan deithiais i i'r Dyfodol." Syllodd o gwmpas yr ystafell. "Go daria, os nad yw'r cwbl yn dechrau mynd… Mae'r ystafell hon, a chithau, a'r awyrgylch bob dydd yn ormod i'm cof. A greais i Beiriant Amser, neu fodel o Beiriant Amser? Neu ai breuddwyd yw'r cwbl? Maen nhw'n dweud bod bywyd yn freuddwyd, un digon sâl ar adegau—ond allaf i ddim dioddef un arall na fydd yn ffitio. Mae'r peth yn wallgof. Ac o ble ddaeth y freuddwyd? …rhaid i mi gael golwg ar y peiriant. Os oes un o gwbl!"

Cododd y lamp yn sydyn, a'i gario, yn fflachio'n goch, drwy'r drws i'r coridor. Dilynon ni ef. Yno, yng ngolau crynedig y lamp, safai'r peiriant yn gam. Roedd yn beth hyll mewn gwirionedd, o bres, eboni, ifori, a chwarts tryleu'n adlewyrchu'r lamp. Roedd y peiriant yn ddigon cadarn i'w gyffwrdd—estynnais fy llaw i deimlo un o'i rheiliau—a'i ifori'n frith o smotiau a staeniau brown. Roedd darnau o wair a mwsogl ar ei rannau is, ac roedd un rheilen wedi plygu'n gam.

Rhoddodd yr Amser-Deithiwr y lamp i lawr ar y fainc, a rhedeg ei law ar hyd y rheilen blygedig. "Mae'n iawn," meddai. "Roedd yr hanes yn wir, pob gair. Mae'n flin gen i am ddod â chi allan yma, i'r oerfel." Cododd y lamp ac, mewn tawelwch llwyr, dychwelon ni i'r ystafell ysmygu.

Daeth i'r cyntedd gyda ni, ac aeth ati i helpu'r Golygydd gyda'i gôt. Edrychodd y Gŵr Meddygol i'w wyneb, a dweud wrtho, braidd yn betrus, ei fod wedi bod yn gweithio'n rhy galed. Chwarddodd ar hynny. Fe'i cofiaf yn sefyll ym mhorth y drws, yn dymuno nos da i ni.

Roeddwn i'n rhannu cab gyda'r Golygydd. "Celwydd gor-liwgar!" oedd yr hanes, yn ei farn ef. O'm rhan i, nid oeddwn i'n gallu penderfynu. Roedd yr hanes mor rhyfeddol ac anghredadwy, a'i hadrodd mor gredadwy a phwyllog. Gorweddais yn effro drwy'r nos yn meddwl amdani. Penderfynais ddychwelyd i weld yr Amser-Deithiwr eto'r diwrnod canlynol. Dwedwyd wrthyf ei fod yn ei labordy, a gan yr oeddwn i'n westai digon cyfarwydd yn y tŷ hwnnw, es i i fyny i'w weld. Roedd y labordai'n wag, fodd bynnag. Syllais am funud ar y Peiriant Amser, gan roi fy llaw allan i gyffwrdd â'r lifer. Ar hynny, siglodd y peiriant sylweddol, cadarn-yr-olwg, fel cangen yn y gwynt. Roedd ei ansadrwydd yn syndod mawr i mi, ac yn ddigon rhyfedd fe'm hatgoffwyd am y dyddiau plentynnaidd hynny pan roeddwn i wedi fy ngwahardd rhag ymyrryd mewn pethau. Dychwelais drwy'r coridor. Cwrddais â'r Amser-Deithiwr yn yr ystafell ysmygu. Roedd ar ei ffordd o'r tŷ. Roedd ganddo gamera bach dan un fraich, a chwdyn cefn dan y llall. Chwarddodd o'm gweld i, ac estynodd benelin i mi gael ei ysgwyd. "Rydw i'n eithriadol o brysur unwaith eto," meddai, "â'r peth yna."

"Felly nid rhyw dwyll yw'r cwbl?" meddwn i. "Rwyt ti'n teithio mewn amser, go iawn?"

"Ydw, mewn gwirionedd." Ac edrychodd i'm llygaid, yn ddidwyll. Oedodd. Tarodd golwg dros yr ystafell. "Dim ond hanner awr sydd angen arnaf," meddai. "Rwy'n gwybod pam y dest ti, ac rwy'n ddiolchgar iawn i ti. Mae yna ambell i gylchgrawn yma. Os wyt ti'n fodlon aros am ginio, fe roddaf brawf perffaith i ti o deithio mewn amser, sbesimenau a phopeth. Os wnei di faddau i mi am dy adael, am y tro?"

Cytunais, heb ddeall ystyr llawn ei eiriau ar y pryd. Nodiodd arnaf, ac aeth yn ei flaen i lawr y coridor. Clywais ddrws y labordy'n cau. Eisteddais mewn cadair ac estyn papur dyddiol. Tybed beth oedd yn bwriadu'i wneud rhwng nawr ac amser cinio? Yn sydyn, gwelais hysbyseb a'm hatgoffodd fy mod i wedi addo cwrdd â Richardson, y cyhoeddwr, am ddau. Edrychais ar fy oriawr, a gweld mai cael a chael byddai hi i mi gyrraedd yr apwyntiad hwnnw. Codais a cherdded i lawr y coridor i roi gwybod i'r Amser-Deithiwr.

Wrth i mi afael yn nolen y drws clywais ebychiad, a beidiodd yn sydyn mewn ffordd ryfedd, ac wedyn clic, ac ergyd trwm. Chwyrliodd y gwynt o'm cwmpas wrth i mi agor y drws, a daeth sŵn gwydr yn torri a chwympo ar lawr. Nid oedd yr Amser-Deithiwr yno. Meddyliais am eiliad i mi weld ffurf aneglur, megis ysbryd, yn eistedd ar ganol cwmwl troellog o ddu a phres—roedd mor dryloyw fel bod modd gweld y fainc y tu ôl iddo'n glir iawn, a'r pentyrrau o ddarluniau arno; ond wrth i mi rwbio fy llygaid diflannodd yr ysbryd. Roedd y Peiriant Amser wedi mynd. Oni bai am ychydig o lwch yn araf setlo, roedd pen pellaf y labordy'n wag. O'r golwg, roedd un o'r ffenestri yn y nenfwd newydd chwalu.

Teimlais syndod afresymol. Roeddwn i'n sicr bod rhywbeth rhyfedd newydd ddigwydd, ond nid oedd hi'n glir eto beth yn union oedd y rhywbeth hwnnw. Wrth i mi sefyll yno'n syllu, agorodd y drws i'r ardd, ac ymddangosodd un o'r gweision.

Edrychon ni'n dau ar ein gilydd. Dechreuodd y syniadau ddod wedyn. "Ydy Mr —— wedi mynd allan y ffordd yna?" gofynnais.

"Nac ydy, syr. Does neb wedi dod allan y ffordd yma. Roeddwn i'n disgwyl cael hyd iddo yma."

Ar hynny, deallais. Er gwaetha'r perygl y byddwn yn siomi Richardson, arhosais yno'n aros am yr Amser-Deithiwr; yn aros am yr ail hanes fyddai'n fwy rhyfedd eto na'r cyntaf efallai, ac am y sbesimenau a'r lluniau y byddai'n dychwelyd â nhw. Ond rwy'n dechrau ofni bellach y bydd yn rhaid i mi aros am weddill fy mywyd. Diflannodd yr Amser-Deithiwr dair blynedd yn ôl. Ac, fel ŵyr pawb, nid yw wedi dychwelyd, erioed.

Epilog

Rhaid gofyn y cwestiwn. A fydd yr Amser-Deithiwr yn dychwelyd o gwbl? Efallai iddo hedfan yn ôl i'r gorffennol a chael ei ladd gan wylliaid blewog, gwaedlyd Oes y Cerrig; neu efallai iddo foddi yn nyfnderoedd môr y Cretasaidd; neu farw ymysg y dinosoriaid, madfall-anghenfilod enfawr y cyfnod Jwrasig. Efallai ei fod yno ar hyn o bryd—os dyna'r geiriau priodol—yn crwydro rhyw riff cwrel Öolitig a'i llond o blesiosôrau, neu hyd draethau hallt ac unig moroedd y cyfnod Triasig. Neu aeth e yn ei flaen, i un o'r oesau agosach, lle mae dynion yn ddynion o hyd ond wedi ateb cwestiynau'n hoes ni, ac wedi datrys ei phroblemau trafferthus? I gyfnod y ddynoliaeth yn ei llawn dwf: oherwydd o'm rhan i, ni allaf gredu taw'r oes ddiweddar hon o arbrofion tila, damcaniaethu bratiog, ac anghydfod cyffredinol yw penllanw'r ddynoliaeth mewn gwirionedd! Hynny yw fy marn i, o leiaf. Mi wn i—oherwydd i ni drafod y peth gyda'n gilydd unwaith, ymhell cyn creu'r Peiriant Amser—nad oedd ganddo feddwl mawr o Gynnydd y Ddynoliaeth, ac nad oedd yn ystyried pentwr cynyddol cyraeddiadau gwareiddiad yn ddim ond twmpath annoeth a fyddai, yn anochel, yn cwympo i lawr maes o law, gan ddinistrio'i adeiladwyr. Os ydy hynny'n wir, rhaid i ni fyw fel pe na bai hi, serch hynny. Ond i minnau, mae'r dyfodol yn parhau'n dywyll ac yn wag—yn anwybodaeth lethol, gydag atgofion hanes yn taflu ambell golau bach yma a thraw. Ac mae gen i ddau flodyn gwyn rhyfedd yn gysur i mi o hyd—wedi crino bellach, yn frown, gwastad a bregus—yn brawf, hyd yn oed wedi edwi cryfder olaf meddwl a chorff, fod diolchgarwch a thynerwch yn trigo o hyd yng nghalon y ddynoliaeth.

DIWEDD

Ar gael hefyd o www.melinbapur.cymru

T. Gwynn Jones
Lona

"Dewines, duwies, drychiolaeth, pa beth? Rhywbeth ond geneth gyffredin o gig a gwaed. Bwriodd ei hud drosto hyd na wyddai ef pa beth i'w feddwl amdani. Agorodd ffenestr ei henaid iddo, a dangosodd beth o'r trysor ysblennydd oedd yno, heb yn wybod i neb ond iddi hi ei hun, ac heb ei bod hithau hefyd, o ran hynny, yn gwybod fod ynddo ddim oedd mor brin a rhyfeddol."

Newydd symud i ardal y Minfor yw Merfyn Owen pan, ar siawns, mae'n cwrdd â Lona O'Neil, y Wyddeles brydferth sy'n byw ar gyrion cymdeithas y gymdogaeth. Ond beth fydd goblygiadau eu carwriaeth i safle Merfyn yn y dref—a beth yw cysylltiad teulu Lona â dirgelwch cefndir Merfyn ei hun?

Ar gael yma fel cyfrol am y tro cyntaf ers dros canrif, ac mewn iaith ac orgraff ddiwygiedig, Lona oedd ffefryn T. Gwynn Jones o blith ei nofelau ac erys o hyd yn glasur o'i chyfnod.

"Stori serch yw Lona, ac mae'n nofel ddarllenadwy hyd y dydd hwn. Mae'r ddeialog a'r naratif yn ystwyth ac yn naturiol."
—*Alan Llwyd*

Ar gael hefyd o www.melinbapur.cymru

Mary Oliver Jones
Nest Merfyn

*""Tom, tyrd i lawr y funud yma,' meddai llais un a adnabyddai
Tom fel eiddo i Bill Tomos, porthor yn y Plas.
'Beth sy'n bod?'
'Mr. Pugh wedi'i ladd.'"*

Tra'n ymweld â bro enedigol ei thad, daw merch ifanc
dan amheuaeth o lofruddio'r gŵr y mae disgwyl iddo
etifeddu cartref ei thaid. Mae'r holl dystiolaeth yn ei
herbyn: beth ddaw o Nest?

Nofel Mary Oliver Jones yw un o'r enghreifftiau
cynharaf o nofel drosedd yn Gymraeg: mae'n dystiolaeth
o gyfraniad yr awdures bwysig hon i lenyddiaeth ei
chanrif, ac yn enghraifft bwysig o lais y ferch yn hanes y
nofel Gymraeg.

Mae *Nest Merfyn* yn ymddangos ar ffurf llyfr am y tro
cyntaf yn y gyfrol hon, sef y cyntaf gan Mary Oliver Jones
i gael ei chyhoeddi ers ei marwolaeth dros ganrif yn ôl.

"[Mae] ei gwaith yn ddarllenadwy a difyr; gwyddai sut i
orffen pennod ar nodyn cyffrous a fyddai'n codi awydd i
ddarllen y rhan nesaf,"
—*Meic Stephens*

Ar gael hefyd o www.melinbapur.cymru

T. Gwynn Jones
Gorchest Gwilym Bevan

*"Roedd llais torcalonnus Mrs. Tomos, a'i geiriau gwylltion,
'Dacw fo'r dyn starfiodd fy ngŵr i; i lawr â fo!' yn swnio yn eu
clustiau'n barhaus..."*

Mae Gwilym Bevan ar fin taflu'i hun i ddyfroedd y
Tafwys pan gaiff ei achub gan ddieithryn, a chael ail gyfle
ar fywyd. Dychwela i Gymru a chael gwaith yn y chwarel;
a diolch i'w ddysg a'i hyfedredd caiff ei benodi'n
arweinydd gan ei gyd-weithwyr. Ond buan iawn
ymddengys cymylau anghydfod a gormes ar y gorwel.

Bu trydedd nofel T. Gwynn Jones yn garreg filltir yn
hanes y nofel Gymraeg, ac ymhlith y nofelau Cymreig
cynharaf i drafod anghydfod diwydiannol.

"Golygfa lle mae'r haearn yn mynd i enaid ydyw."
—*Cymru*

"Nofel ag iddi neges gymdeithasol a gwleidyddol...
nofel sosialaidd sy'n ymgyrchu o blaid hawliau'r
gweithwyr... Caffaeliad mawr i dwf a datblygiad y nofel
Gymraeg oedd nofelau cynnar T. Gwynn Jones."
—*Alan Llwyd*

www.melinbapur.cymru

Dilynwch ni ar:

X (@melinbapur)
Facebook (@melinbapur)

www.ingramcontent.com/pod-product-compliance
Lightning Source LLC
Chambersburg PA
CBHW040540170726

48295CB00012B/537